BARNDOMENS PARADIS

Elisabeth Lampinen

BARNDOMENS PARADIS

© Elisabeth Lampinen 2022
Förlag: BoD – Books on Demand, Stockholm, Sverige
Tryck: BoD – Books on Demand, Norderstedt, Tyskland
ISBN: 978-91-8057-237-8

Till mina Nära och Kära som jag Älskar genom
Eld och Vatten oavsett vad.
Ni kommer alltid finnas i mitt hjärta så länge det slår
och vad som händer sen vet ingen. Förhoppningsvis lever
i alla fall minnet kvar och ger fortsatt Kärlek och Styrka.

Sök efter ljuset och håll varandra i handen.

Prolog

Barndomens Paradis är en berättelse bestående av flera, flera steg på vägen. Axplock från livets vardag kan de kallas. En sorts kapitelbok där somt är sant annat inte, verkliga händelser och personer blandas med fiktion. Är det mig som författare de handlar om? Det är en adekvat fråga. Författaren är alltid med, delar av ens person och erfarenheter finns där. Annat finns också. Det viktiga kanske inte är vad som är vad, för det som gestaltas eller essensen av det skulle kunna gälla vem som helst. Barndomens paradis borde finnas för alla. Att barndomen är det paradis som barnet behöver, även om mörker också finns där, men alltid skydd och omsorg, en trygghet som säkrar och bevarar den kraft vi alla behöver.

Vi lever våra liv och formar oss själva varje dag, genom det vi ser, hör och gör, genom det bemötande vi får, vilka tankar och känslor det väcker och de slutsatser vi drar. Vi är också olika personer med inte samma känslighet för allt som händer. En del är starkare och har mer motståndskraft, andra mer sårbara.

Det kan stundtals hända att vägen tycks för svår och det levandegörs också i boken. I vissa fall kan ersättare finnas som ger det tillräckliga stödet. Det går att reparera och komma vidare men där kan vägen vara olika lång. I andra fall lyckas det inte lika väl. Somt kan förlåtas, annat inte, det avgör var och en som drabbas.

Olika faser i livet bjuder upp till skiftande lägen där vi växlar i humör, stämningar och mående överlag. Det finns att vi upplever en stadigare och tryggare, mer harmonisk tid än annars. Den tiden kan räcka länge eller kort. Var tid har sitt läge, utgångspunkt, känslor och tankar. Övergångar kan vara extra svåra, bjuder på nytt motstånd och kräver rätt omhändertagande.

Ibland flyter allt bara på och en känsla av att livet leker uppstår och tryggar oss. Det är härligt. Som livet för det mesta bör ses och upplevas trots allt. Oavsett så lever vi och bör ta vara på, känna, smaka och andas in det friska livet, så gott vi kan.

I barndomens paradis råder frid, när den inte finns är det heller inget paradis, och hur ofta eller sällan det finns är en källa till hur det kan gå. Därav bokens titel som också finns med som ett eget kapitel.

Välkommen att följa med i varje steg på vägen framåt!

Egentligen

ville hon vika undan
alla bladen
försiktigt kika in

I respekt för din blyghet
lät hon
sin nyfikenhet
stanna utanför

nöja sig att drömma

Hon stannade upp utanför
innan hon kom nära nog
att smeka dig

Hon tänkte att hon ville
plocka några blommor

smeka ömt din kind
visa vad av liv hon har att ge

Inom henne
växer
hela världen

Hon tittade in lite ändå…annars hade inte den här boken blivit
till.

I barndomens paradis är det okey att vara både blyg och modig.
Okey att bara vara. Där blir du sedd och bekräftad och älskad för
den du är. Där är kärleken villkorslös och de äkta värdena regerar.
Som det ska vara.

Flickan som ville leva

Den lilla sjukstugan låg ensligt i skogen en bra bit från stora vägen. Den var oansenlig, sparsamt bemannad och den enda facilitet som stod till buds för kvinnor på väg att föda, i den lilla norrländska bruksorten. Kvinnan på britsen var i smärtor. Hade gått långt över tiden och barnet ville inte ut. En barnmorska med hjälp av undersköterska var de som hade de båda liven i sina händer. Någon fader fanns inte på plats, var inte så den tiden, och läkaren som kunde tillkallas hade jour i hemmet men ville sova vidare. Han gav några råd och sa att det var ingen fara, de skulle klara av det, när de ringde honom för det var dags för snitt bedömde den erfarna barnmorskan. Eftersom ingen läkare kom fick de göra det bästa de kunde, och viktigt var det att hålla kvinnan vid gott mod, så mycket och länge som möjligt.

Barnet låg fel, med sätet före och det skulle inte gå att föda så. Det måste vändas. Vilket var både besvärligt och smärtsamt. »Nu ser jag en liten fot!« hördes barnmorskan ropa, vilket inte gladde kvinnan desto mer. En fot var inte vad hon ville se eller höra. Trött var hon, orkade knappt längre, ville bara bort.

Nu var det bråttom, svaga eller inga hjärtljud gick att få fram. Barnmorskan lade sig uppe på kvinnans mage och tryckte av all kraft i takt med krystningarna. Det gav resultat till slut, barnet kom ut, med fötterna före. Ett livlöst blått litet flickebarn, utan ett ljud. »Asfyxi« kom det att stå i förlossningsjournalen – akut syrebrist. Ett snabbt växelbad var det som räddade livet. Och att hon ville leva.

Modern var först bara tacksam att det var över, orkade inget annat. Hon gladdes sedan åt sitt barn, den lilla tösen, som till synes återhämtade sig relativt snabbt. Det var ett lugnt och stillsamt barn, som inte gjorde stort väsen av sig. Snäll och lättsam, beskrevs hon oftast som. Klumpig och lite tankspridd var andra ord som kom att gälla lite senare. Det var mycket de vuxna inte klarade och barn måste förhålla sig till. Flickan fick se och höra mycket, alldeles för mycket. Se och höra, ibland bara ana. Inte förstå eller veta säkert. Det skrämde och sårade, förstelnade och fick henne att gömma undan. Det gällde att anpassa sig, försöka att inte ställa till det. Inte alltid så lätt men flickan var ganska bra på det. Hon kände det var viktigt och gjorde sitt bästa.

Modern blev snart ensam med två småbarn. Hjälp fanns från mormor på ganska nära håll och det var förunderligt bra mitt i alltihop.

Flickan traskade, trevade sig framåt. Gled ofta iväg in i fantasins och hjältarnas värld där hon blev någon annan. Hon hade lätt för att drömma sig bort flickan. På det viset fick hon chans att leva ut och glömma, fortsatt gömma det svåra. Hon fyllde på med historier och äventyr där hon fick vara som hon själv ville och dög precis som den hon var, alltid.

Många gånger snubblade hon och det svarta hålet var ibland nära. Hon önskade befrielse och bara få vila från allt, slippa ångesten, all oro för katastrofer. De som redan hänt och de som väntade.

Förunderligt nog tog hon sig vidare, reste hon sig varje gång det var nära att brista. Bestämde sig att fortsätta finnas och vandra på. Hon ville leva, var flickan som ville leva. Ändå trots allt. Det fanns inte bara det mörka, nej fanns också mycket annat och det fanns en styrka, både hos henne och därhemma, som hjälpte. Styrkan var som inbyggd och en känsla av att vad som än händer så kommer hon klara sig. Visste också att hennes familj skulle finnas där för henne.

Glädjen från stunder av värme och bekräftelse hon fick bar henne framåt. När de vuxna i hemmet inte orkade fanns andra, fanns mormor. Så var det och det hjälpte bra, blev tillsammans gott nog. Det fanns någon att hålla i handen. De flesta gjorde så gott de kunde.

Ibland var oron större än annars och då blev det extra svårt. Då hittade hon på något knep, någon ramsa, ritual eller formel, som en sorts magi att skydda med. Flydde på så vis. Räddade sig vidare och kunde skratta på nytt.

Flickan växte upp hon som de andra. Tog sig fram genom drömmarnas land och i den stundtals hårda verkligheten där hon kunde bli kallad både dövöra och dum för sin tankspriddhet och missar som skedde, fast ibland hon inte ens vågade yppa och kunde då slippa undan just den gången.

Känslan av att tillhöra lät hon växa genom snällhet och att försöka göra så gott hon kunde för att skapa nöjdhet, få höra att hon var bra… Det var inga hugg och slag hon fick nejdå inte alls, fick fina ord och kramar med, inte bara klagomål på det som gick fel. Känslan ändå många gånger, att hon måste förtjäna det. Räckte inte att bara finnas.

Klumpen som kunde sitta där och värka, skickade oron runt i kroppen och tog sig uttryck, fastnade, i magont och otrygghetskänslor. Då fanns det ett bra sätt att komma vidare. Hon tog fram penna och papper och skrev. Noteringar hon gömde djupt under madrassen för ingen skulle få läsa dem.

*

I ungdomen, tonåren, försökte hon på många sätt fly. Alkohol blev en del av flykten, både dövade och gjorde henne mer vågad och öppen. En sorts frihet det med. Hon, liksom tonåringar ofta, visste inte vem hon var, skulle, borde vara, med alkohol vågade hon släppa fram sig mer, visade både sårbarhet och styrka. Tills hon sa stopp. Behövde inte längre nåt sånt att fly med. Fick vara nog. Ville ha huvudet med och kunna se sig om med skarp blick. Inga mer fyllefester för hennes del.

*

Hon sökte kärlek med stort K men den var svårfunnen. Aldrig hittat den på riktigt hos någon man. Trodde ett tag men det funkade inte. Fanns en som sa han lovade allt och att kunna vänta 9 år om det behövdes. Då var det en enorm känsla och the love of her life. Hon var tvungen att flera gånger försäkra sig om att han var där. Kvar. Det lyckades ändå inte. Oklart varför. Spöken från förr kanske. Och att älskaren var för trasig...

Nej ännu har hon inte känt den man som kunnat älska henne fullt ut. För den delen släpper hon varken taget eller hoppet. Nej hon vandrar vidare. Ett steg i taget. En dag i sänder. Reser sig och går på...

Stark var hon som sagt, en inre styrka som tog henne genom det mesta. Till och med då den gången när det kändes som att hon föll ner i hålet, då det rämnade för henne och hon inte visste varken ut eller in som bedövad av allt som blev fel. Då när hon nått längst ner som hon kände det, bestämde hon sig bara. Nu fick det räcka. Det här går inte. Jag vill, jag kan och jag ska klara av det. Hon satte sig upp, tog ett steg i taget och var hemma igen. Kunde känna trygghet och komma vidare.

Hon tänkte ibland tillbaka, på vad som varit och kunde ha blivit men inte blev av. Tänkte på det svåra som fanns bakåt och undrade, fanns många frågor. Hittade inte alltid svaren och kände att det fick lov att vara så. Visst kunde förlåtas, annat inte. Fick bara leva med det. Göra så gott hon kunde. Det gjorde hon, försökte hon.

*

Flickan blev till slut mer vuxen och fick egna barn. Till dem kunde hon säga att allt ordnar sig och att hon älskade dem över allt annat. Det sa hon ofta, det var sant och var vad barn ska få höra. Oavsett vad. Den Äkta Varma Ovillkorliga Kärleken.

Både hönsmamma och tigermamma har hon varit stundtals. Ändå kunde hon känna sig otillräcklig. Borde ha gjort mer. Borde inte ha gjort visst. Tröstade sig med att så är det nog för alla. Oavsett. Vilar sig i den tanken.

En vacker septemberdag då hon letade i byrålådan fann hon en skrynklig lapp från svunnen tid med dessa orden:

Att födas nästan dö men överleva
livets resa
ut i världen

Trots syrebrist
hämta andan
tillbaka

Lite trasig redan innan
första andetaget
mycket hände sen
som stängde dörrar

Trots kullerbyttor av klumpighet
och svarta sorgens vingar
andas ännu

Lilla flickan
storögt tittandes
såg
det osebara

Stod där stum
höll andan
genom sveket
som brann
och skadan
redan skedd

Växte
gjorde hon
likafullt

Spirade
med solen
och bundsförvanter
jordiska

Ville leva
och tog
sin styrka framåt

Fullt ut
njuta av tillvaron
i sinnesfrid äkta
var vad hon ville
och trängtade

Vandrade stegen fram
dag för dag

Hoppades på
att alltid
finna någon
att hålla i handen

Förde vidare den tanken till nya liv för alltid

Ja precis så var det, är det, tänkte hon och vek försiktigt ihop papperslappen, efter att ha slätat ut den, la den fint tillrätta överst i lådan. Hon nickade tankfullt innan hon bestämde sig för att ta en kopp te på balkongen. Det var trots hösten, värme snarlik en ljum sommarkväll, där en sval bris smekte hennes kinder och lät håret fladdra fritt.

Dummast i Sverige

Laila stod längst ut på udden, balanserandes på en hal klippa. Vinden piskade i ansiktet där havets droppar också nådde fram. Blandade sig i symbios med hennes salta tårar. Hon ville inte tänka på det, inte gå tillbaka heller. Att försöka balansera sig kvar i upprätt läge med ryggtavlan mot det lilla stödet gav en liten paus. Från både känsla och tanke. Gick dock inte värst länge varken att pausa eller balansera. Hon backade något och kunde sätta sig tillrätta i en skreva. Skyddades inte från vinden men halkade heller inte ner i djupa havet. En sekund eller så hade hon känt dragningen men nej det var inte vad hon ville. Hon kurade ihop sig så gott hon kunde och försökte se med klarhet på det som hänt.

Han hade skrattat. Ett rått skadeglatt skratt. »Dummast i Sverige« hade han sagt. »Du måste va' dummast i Sverige du!« Hon hade stelnat med gråt i halsen. Först förnärmad men sen…Tänkt att han hade väl rätt… Var ju inte första gången heller och hon hade ju helt klart inte huvudet med sig alltid…

Hon hade tagit salt istället för socker på flingorna, och när han hånflinande påpekat det och puttat till armen hennes föll hans cigarrettaska ner i tallriken. Han hade sen närapå tvingat henne att äta upp det hela. Där hade hon ändå stoppat. Rusat ut och iväg. Nu satt hon här och kurade, blöt och ledsen. Som en ynklig hundvalp tänkte hon. Inte mycket att ha…

De hade varit ensamma i stugan, Laila och styvfadern, i fritidshuset de hyrt till semestern. Modern och syskonen for till stan och handlade direkt efter frukost, hade varit tidigt i farten medan hon blivit kvar med boken från igår som hon haft svårt att släppa. Bokmal som hon var lyste lampan ofta långt in på natten och det var svårt att stiga upp sen när hon inte måste. Tröttast på morgonen, pigg på natten. Då när det var lugnt och tyst i huset och en sorts frid sänkt sig. I böckernas värld ville hon gärna vara, lät sig följa med i det som hände och kunde sen somna skönt.

Laila var ensam ute vid havet idag. Inte så mycket som en kattunge på stranden eller klipporna. Båthusen såg tomma och öde ut. Endast fåglarnas skränanden vid fiskrenset som de kalasade på efter att näten med fisken tagits om hand, som alltid varje morgon härute. Laila suckade av ett sorts välbehag där hon satt. Ifred om än ensam...

Hon slöt ögonen och drog upp luvan på tröjan hon fått med sig. Luggen stack fram och täckte pannan, därunder de brungröna ögonen som var blanka av tårar. De fräkniga kinderna vättes, hon torkade av dem med ärmen. Tröjan var stor nog att svepa om de böjda knäna också. Hoppas inte mamma klagar på att den töjs bara...fast nej det skulle hon inte göra var Laila säker på då hon tänkte efter lite mer noga. Bara dumt att tro det.

Laila stillade sig därute i skrevan. Blundade och lät sig som vaggas av vinden och saltstänket från havet. En stund av vila. Tills det räckte. Hur länge hon suttit visste hon inte, hade ingen klocka med, men kände att det fick vara nog. Inte skönt längre, blev kallt trots tröjan och som träsmak i baken efter ett tag.

Kanske hon kunde gå tillbaka nu. Mamma och syskonen var nog hemma igen, och han hade väl släppt det hela. Kvar i köket fanns nog bara den stickande cigarrettröken en ständig följeslagare som inte kunde slippas oavsett vad. Laila kände ilskan komma, tryckte undan det andra, de dåliga känslorna om att det var henne det var fel på. Undras vem som egentligen var dummast tänkte Laila, hon som var klumpig och tankspridd, eller han som rökte och söp, dessutom skrattade åt en som redan ligger...

Laila reste sig mödosamt och provade skaka av sig kylan och obehaget. Det var sannerligen ingen varm sommardag detta, varken ute eller inne… Hon knöt nävarna i fickan då hon vände tillbaka in mot land och stigen upp. Hon var bara 10 år, än var det långt till att hon skulle kunna få gå sina egna vägar. Fick finna sig helt enkelt. Det gick både bra och dåligt, brukade försvinna in i fantasins och böckernas värld där det fanns hjältar och mysterier som avlöste varandra. Då kunde Laila glömma bort att hon var »Dummast i Sverige«. Andra gånger var det svårare och behövde kämpas med på annat sätt. Idag var en sån dag och nu var det dags att stå upp för sig. Så gott det gick. Hon visste att det inte gjorde varken till eller från att säga nåt om det som hänt och försöka få nån förändring till stånd. Nej det var inte det hon kunde göra, istället jobba med sig själv, intala sig att det inte var hon som var fel.

Starkare nu än då hon gick ut men snubblade till på en sten som låg i vägen. Hon hade haft blicken för högt. Nu när hon sänkte den för att bättre se vart hon gick såg hon inte bara hinder i form av stenar och trädrötter, såg också de lappade byxknäna som vittnade om klumpigheten hon ju ofta fick höra om och levde med. Ja den fanns där, var sann, men inte blev det bättre för kommentarerna eller skratten. Hur kunde hon hjälpa det, vad kunde hon göra? Inget alls såvitt hon förstod men fick höra att hon måste tänka sig för, inte vara så mycket i drömmarnas värld. Själv trodde hon inte riktigt på att det var det som gjorde att hon föll, men vad visste hon om saken? Laila trängde bort de jobbiga tankarna, vände uppåt igen, fäste blicken på träden som skymtade en bit bort. Fokuserade på det och vad som kanske väntade hemma.

Ja just ja, mamma skulle köpa nåt särskilt gott till ikväll. Hah undrar vad det blev, måste skynda mig, tänkte Laila och var snart framme vid den röda stugan. Hjärtat klappade lite extra, förväntan blandade sig med en svag oro, men hon hade ännu ena handen knuten i fickan och tänkte inte ge upp. Varken nu eller senare.

En kämpe skulle hon ju bli, fick hon inte glömma. Det gav henne en stark glädje att tänka så. Näven fick gärna vara i fickan när det passade, nån gång skulle den säkert också lyftas upp därifrån. När tiden var inne. Till dess fick hon göra så gott hon kunde. Laila suckade men kände sig ändå lite glad.

I det hon gick stigen framåt mot stugan, tänkte hon på och fick styrka av en dikt som hon hittat i en av moderns böcker i bokhyllan hemma. Hon visste inte vem som skrivit den, kom sig inte för med att fråga men den hade gjort starkt intryck, och hjälpte henne ibland, som nu:

Det regnar över världen

Tillåt det regna,
för en gångs skull
ösa ner över oss

Den daggvåta gryningen
förstärks
av all spilld gråt

Torka tårarna
sätt fart och klä dig,
gå mot torget

Där skall du finna
den vita fanan

en duk
att måla på

Barn är alltid oskyldiga

Ella såg storögt ut mot det öppna vilda vattnet som spolades i jämna vågor mot klipporna till vänster om där hon stod, och även upp mot sanden där sandalerna med nöd och näppe från det utsatta läget klarade sig torrskodda. Den lilla bryggan gungade betänkligt och ekan som var uppdragen bredvid fick sig några rejäla duschar. Det var starkt och mäktigt, ändå inte som hon trott. Lukten var en annan. Salt hade mamma sagt. »Havet är salt så du kommer att flyta lättare.« Ella kände det inte som salt, var inte som hon tänkt. Nej det var något annat, något främmande och fränt hon inte kände igen som hon drog in med andningen. Hon skulle senare få lära sig att doften var en blandning av tång, alger och annat havslevande.

Det var första sommaren för Ella. Första sommaren vid havet och första sommaren med pappa, sen skilsmässan för några år sedan. Ellas föräldrar hade gått skilda vägar och hennes pappa flyttat söderut till en som hon tyckte liten håla vid havet. Hon hade inte velat komma hit. Inte till havet, inte till pappan och hans nya fru, inte se deras barn och hennes syster som de kallade henne. Nej hon hade inte velat, varken se eller höra talas om det. Hon var 8 då, 11 nu och hade bestämt sig för att hon ändå ville veta. För att kanske förstå, och för att ha bilder att relatera till.

Nu var hon här, vid havet, kunde se med egna ögon och ta in, och en försiktig känsla av okey hade infunnit sig, bytt plats med olusten som stökat runt i magen hela gårdagen och under tågresan hit. Tågresan för första gången ensam, med mammas handskrivna lapp om tågbyten och tider som hon krampaktigt höll i handen i början av resan, för att sen efter första bytet kunna släppa, stoppa i fickan istället. Hon visste att hon skulle klara det. Det hade mamma sagt också och så blev det.

Efter en kort hälsning på familjen, pappans nya och den lilla jäntan, Alma 2 år, hennes syster som det sas... ville hon ut och ner till havet. Ensam, och här stod hon nu. Vid viken som var deras och där ingen eller inget annat syntes från där hon stod. Förutom naturen, med träd, dungar och klippor. Längre åt höger syntes en rand av öppet hav och himlen som försvann där bortåt.

Ella var 11 på väg att bli kvinna, något hon besvärades inför och helst ville dölja. Hon gick som oftast i stora t-shirts eller tröjor, och shorts nu till sommaren. Var annars kortklippt i en busig lite lockig frisyr, mörkbrunt hår och melerade ögon, ansiktet fullt av fräknar. En pigg blick för det mesta, med stänk av sorgsenhet vissa dagar.

Ella satte sig en bit upp på stranden, lutad mot en klippa och med en liten gräsplätt under rumpan. Hon lekte med sanden, lät den rinna mellan fingrarna. Den var varm och mjuk. Hon blundade och lät sig slappna av och bara lyssna, lukta och känna. En svag bris fläktade alldeles lagom och hon försökte andas så som hon hört om att man skulle för att få lugn och hindra oron få fäste. Det gick sådär, fladdrade lite i bröstet men hon kände hoppet ändå och tänkte med det brådmogna barnets klokhet att det kanske måste övas lite mer.

Skönt var det att sitta där, blev kvar ända tills de ropade. Långsamt gick hon då tillbaka upp, släpade som benen efter sig i ett sorts motstånd men kom ändå.

*

Solen stod fortfarande ganska högt på himlen, nådde inte trädtopparna ännu och var stark att se på, bäst att låta blicken vila på vattnet. Som också stillat sig en aning. Havet lugnade sig ofta mot kvällen, hade pappa berättat då han kommit ner för att säga godnatt. Utanför tältet, hon ville inte ha honom därinne. Nej, ingen fick komma in till henne. Hade hon bestämt sig för. Inte heller tänkte hon komma in i huset, mer än nödvändigt. Det var tält eller bar himmel som gällde. Fadern hade försökt protestera men Ella varit bestämd. Det var här hon skulle sova eller ingenstans. För det var okey på ett sätt, men inte ändå helt och fullt. Hon ville, behövde ta det i små portioner, små steg det kände hon. Maten intog hon på altanen, och inne i huset var hon endast vid toabesök. Pappan hade fallit till föga och letat upp ett undanstoppat tremanstält som de hjälpts åt med att resa, precis där gräset tog vid efter sandstranden var platsen hon valt.

Ella drog upp dragkedjan och svepte sovtäcket tätare om sig där hon låg på liggunderlaget som kändes väl tunt och kanske var det kottar eller nåt just där hon låg för det knölade betänkligt. Hon makade på sig, drog sig in mot mitten och då blev det bättre. Vid sidorna hade hon filtar och diverse kuddar plus sin packning. Det hade gällt att fylla upp ytan för att få mer av värme därinne. Sommarnatten var inte helt varm och havsbrisen kunde kyla, hade pappan sagt och hon hade inte haft något att invända, blev mysigare med mer grejer i tältet så.

Tältduken var öppen och knuten mot ena sidan, för hon ville se både himmel och hav där hon låg, var heller inte rädd för flygfän. Hade ju tak över huvudet i alla fall men hade som hon sagt kunnat tänka sig bar himmel. Var van från scouternas hajkturer. Fast hon erkände för sig själv att det blev rätt bra med tältet. Hennes egen hydda liksom.

Ella förstod ju att de pratade om henne och säkert tyckte hon var knäpp men det fick de väl göra. Inget hon brydde sig i och vem var det egentligen som var knäpp?

Ett plötsligt och oväntat ljud fick Ella att komma av sig i tankarna. Det lät som att nåt rörde sig utanför tältet och strax kom också en skugga som avslöjade att det faktiskt var sant. Almas lilla runda huvud dök upp vid ingången och ett stort leende sprack upp när hon fick syn på Ella. Pappa kom precis efterpå, kikade in över ryggen på Alma och sa att hon inte kunde sova och väl undrade vad systern var någonstans. Fick hon komma in en stund? Det fick hon. Barnet var oskyldigt. Barn är alltid oskyldiga. Utan skuld och skulle inte avvisas. Där kände Ella instinktivt att så var det.

Alma kröp glatt in och bökade runt en stund innan hon med Ellas hjälp hittade rätt position i sovtäcket, fick en kudde under huvudet av Ella som sen la armen om lillasystern och snusade in doften av barndom från håret hennes. Faderns fotsteg när han återvände till huset försvann långsamt och kvar var naturens kvällsljud och lillflickans småprat. Hon kunde inte alla ljud rent nog, så Ella hade svårt att veta allt hon sa men hummade och nickade, höll mest med och snart tog orden slut. Alma hade somnat.

Ella låg vaken och såg på sin syster. Ja för hon hade förlikat sig med att Alma ändå var en syster, om än bara halv… Blond och blåögd, ett hårsvall som sånär täckte ansiktet helt där hon låg och snusade tryggt. Ella föste försiktigt undan lockarna och insöp bilden av det söta barnansiktet. Ja barn var faktiskt oskyldiga. Alltid. Barn kunde bygga broar också. Kanske var det vad hennes pappa hade tänkt när han kommit med Alma? Hon visste inte men lät det bero. Spelar ingen roll. Jag vet vad jag vill och jag står fast tills jag ändrat mig om jag nu gör det. Av mig själv. Bestämd var hon ja. Ella.

Ella sov djupt och märkte inte när pappan hämtade lillflickan som bara gnydde lite då hon lyftes upp från sovtäckets värme och bars iväg i fadersfamnen in i huset.

*

Ella följde tvekande med nästa dag då det var bestämt att gå på utflykt en bit bort längs med stranden. Fisketur var det sagt. Krabbor. Ella visste inte hur det gick till eller om det ens gick att äta krabbor, men det gjorde det försäkrade hennes pappa.

Det var varmt, gassande sol och inte så mycket vind. De vandrade längs med stranden en bit, till ett bra ställe som fadern sa. Han gick först med Alma på ryggen i en bärstol, strax bakom gick Gunnel, faderns nya. En tunn, långsmal kvinna, med mörkt pageklippt hår och stora röda läppar. Ja röda för hon hade väl blaskat på dem tänkte Ella och ville helst inte se. Inte se henne alls egentligen för det var ju inte mamma…men vad gick det att göra åt saken… Ella själv gick sist, släntrade bakefter halvt i protest men ändå. Lite nyfiken var hon allt på vad dagen skulle erbjuda. Hon hade inte, kunde inte, förlika sig med att pappan flyttat. Kände sig sviken och inte blev det bättre av att han skaffat en ny fru som bodde långt söderut så Ella knappt alls kunde träffa sin pappa. Sen ett barn på det hela. En som fick ha honom hos sig alltid. Det fick inte Ella… Hon förstod det var barnsligt och fel att vara avundsjuk på systern och det var hon väl egentligen inte heller. Inte så, men längtade också efter att få det som hon hade. Det hon, Ella, förlorat… Det var inte Almas fel såklart, inte Gunnels heller. Bara pappas…

Barnsligt var det väl också att vägra bo inne i huset, det visste Ella. Hon kunde bara inte förmå sig, ville stå upp för sig, tala om på det vis som stod till buds, att hon inte var nöjd och inte ville vara delaktig. Ville liksom sätta avtryck, göra sin röst hörd. Om än det var försent. Även känna sig för som sagt, ta det lite i taget.

*

Det dröjde inte länge förrän de var framme och vägen dit var bara bitvis besvärlig, då de fick balansera på stenar i vattnet eftersom stranden inte fanns där hela tiden utan stundtals bara klippor och stenar. Det skvalpade över sandalerna, lite småkallt men svalkande.

Matsäck hade de med, lite smörgåsar och gofika. Först skulle de se om det gick att få några krabbor. Alma sattes ner på sanden och gick genast ut mot vattenbrynet, böjde sig ner och kände på vattnet, stänkte det omkring sig och skrattade. Ella log åt synen, blev varm inombords. Tog av sig sandalerna och gick för att joina sin lillasyster.

»Kom får du se Ella, jag ska visa dig hur lätt det är«, sa fadern där han stod en bit ut i vattnet på ett stenröse som fick fungera som brygga. Ella travade dit, lät Gunnel ta över Alma.

»Okey visa mig då.« Hon lät trumpen och inte särskilt intresserad men fadern lät det passera.

»Jag har en klädnypa ser du och har satt fast ett snöre. Klämmer dit en bit falukorv och släpper ner nypan. Passar med håven. Och hinken har fyllts med vatten som du ser.« Han gjorde en huvudrörelse för att visa på den vattenfyllda hinken bredvid. Det var lite tång med också såg Ella. För att göra det mer hemtrevligt eller? Ella ville inte fråga, men fick ändå ett svar.

»Tången är för att skydda dem mot solen.«

»Okey.«

»Det blir snabbt för varmt, för hett annars. Särskilt en dag som idag.« Fadern log sitt av Ella så efterlängtade varma leende som bara han kunde ge. Hon fick en klump i magen, bet sig i läppen för att hindra tårarna som hotade tränga sig upp. Faan också...

Ella skyndade att fokusera på snöret och vad som hände därnere. När hon vant sig vid det lätta vågskvalpet kunde hon skönja aktiviteter nere på bottnen. En rätt stor krabba var på väg mot klädnypan, grabbade tag och såg ut att vilja sluka korvbiten. Kvickt var fadern där med håven och vips var krabban i hinken. Snabbt hade det gått och snart var nästa på gång.

Ella fick ett eget snöre och strax hade hon fångat sin första krabba och låtit den komma ner i hinken, som inom kort blev rätt full.

Alma lekte vid strandkanten, hade hink och spade och hennes mamma hjälpte till att göra sandkakor. Allt som allt såg det nog lugnt och harmoniskt ut inför en betraktares öga. Fridens liljor...

»Hör ni ska vi inte ta och fika nu, har ni inte hinken full snart?« Gunnel kisade ut mot stenröset och de två till synes rätt upptagna krabbfiskarna.

26

»Jovisst du har rätt, vi kommer, eller hur då Ella, får väl räcka nu?«Fadern såg avvaktande ut och väntade in ett svar från Ella innan han för sista gången drog upp och förpassade en krabba ner i den nu väldigt fulla hinken. Det var knappt man såg vattnet för alla krabbor tänkte Ella.

»Gärna. Finns ju inte mer plats heller så. Stackarna, trängs ju. Går det verkligen bra?«Ella såg förebrående ut då hon vände sig mot sin pappa och samtidigt rullade ihop sitt snöre runt klädnypan och knöt näven om det hela.

»Äh det är ju för en kort tid, går säkert bra.«Han lät inte helt övertygad men ville släta över, få bort det och tog även han och rullade ihop, fattade håven med ena handen och hinken med den andra innan han balanserade iväg in mot stranden. Ella följde tankfullt efter.

*

Gunnel hade brett ut ett par filtar och dukat upp fikat. Alma satt i ena hörnet och smaskade på en fralla, hade fullt av smör i ansiktet såg Ella, som igen inte kunde låta bli att le. Alma gjorde henne glad helt enkelt. I alla fall för stunden. När lillflickan var i fokus försvann det mörka.

Smörgåsarna var goda, saften likaså kunde Ella hålla med om. Bullar som dröp av kanel, socker och smör och som närapå smälte i munnen tog priset. Hembakade. Ett tag där på filten kände Ella inte ens något agg mot Gunnel. Det var ju inte hennes fel förstod hon ju fast det kunde kännas så många gånger.

Alma hade vyssjats och slumrade lite, skuggades av trädgrenar och hade även en liten flanellfilt med små rosa kaniner på över sig. Ella drog en djup suck av välbehag och sträckte ut sig bredvid Alma. Hon slöt ögonen och lät sig för en stund förpassas till ett mellanläge där varken full vakenhet eller heller sömn rådde, bara ett lugn som tidvis fylldes av drömlika bilder. Det var mest sol, vind och vatten i dem denna gång.

Ella avbröts i sin lugna tillförsikt av ljud som antydde att hennes pappa och Gunnel hade hittat varandra och passade på att kela där på stranden, på sin del av filten. Det blev lite för mycket för Ella. Hon satte sig genast upp, harklade, sparkade bort en sten som hamnat under foten hennes, reste sig och gick för att titta till krabborna som stod en bit bort, under ett träd för skugga.

Ridån föll tungt ner. Det såg inget vidare ut. De stackars djuren rörde sig svagt i det trånga utrymmet och det liksom kokade av bubblor och värmen steg uppåt. Lukten av tång blandat med något hon kände direkt avsmak för fick Ella att genast vända bort huvudet och hon var ilsken när hon ropade till sin pappa:

»Men fy vad vidrigt! Ska det va′ såhär?! De kan ju kvävas eller vad?!«

Pappan avbröts i sitt kelande med Gunnel och såg förskräckt bort mot Ella.

»Vadå, vad menar du?«

Alma vaknade och skrek, blev tröstad av Gunnel som suckade frustrerat, men släppte det snart för dottern somnade lugnt om. Pappan reste sig häftigt, kom på fötter och var raskt vid Ellas sida. Han betraktade en stund det som försiggick i hinken, ruskade sen om Ella, la armen om henne och gav en försäkran:

»Åh det är okey, de klarar sig. Vi ska snart hem och tillaga dem så ingen fara.« Ella vred sig ur hans omtag, verkade inte alls nöjd, ej heller bekväm med hans närhet här. Han släppte och gick tillbaka, böjde sig ner mot Gunnel och smekte henne lätt på kinden, slog sig sen ner bredvid och lät höra en djup suck som tillsammans med bekymmersrynkan i pannan och det rastlösa pillandet på noppor i filten, visade på att allt inte var som det skulle.

»Vad är det älskling?« Gunnel lät medkännande och kramade hans hand. Han suckade och sneglade bort mot Ella som stod kvar vid hinken och såg mörk ut.

»Äh, det är så svårt med Ella. Vet inte vad jag ska göra, inget blir som rätt.«

Han reste sig abrupt och gick iväg en bit bort, tände en cigarett och drog några djupa bloss som han med välbehag sedan blåste ut i ett antal välplacerade ringar han blev rätt tillfreds med. Rökte sen något lugnare klart ciggen innan han återvände till sin fru.

Jacke Malmkvist var en i grunden snäll man som ville väl. Han hade inte velat förstöra sitt första äktenskap med supande och våldsamma utbrott... inte heller velat svika sina döttrar. Varken Ella, hennes storasyster som inte följt med nu, eller Alma. Han vill inte dricka för mycket och inte göra sin nya fru besviken. Det brukade bara bli så...

Jacke var charmig, slank och muskulös, med kortklippt nästan snaggat brunt hår, blågröna ögon med glimten i ögat, för att inte tala om skrattgropen i kinden som gav hans leenden en extra skjuts. Tillika ett romantiskt drag där han kunde trycka på de rätta knapparna. Han var en händig karl också, snickarson och gått i sin pappas fotspår vad gäller yrket. Kvinnor fick han lätt, stannade dock inte så länge, eller så var det de som gick för de tröttnade. På att det bara blev, på hans undanflykter, alla dåliga förklaringar...

Gunnel hade inte tröttnat än. Hon tyckte dock inte om hans drickande och de kvällar hon blev tvungen att hjälpa honom i säng, ej heller det dåliga humöret dagen efter. Cigaretterna var en annan sak hon helst ville slippa.

Jacke var storrökare men försökte minska ner för husfridens skull, och att inte röka åtminstone i närheten av barnet. Gunnel var en lugnare natur, försiktig, men fallit för hans charm. De hade träffats på lokal då hon varit på besök hos syster sin. En snabb för-förelse och blixtförälskelse hade lett till hans uppbrott från staden och flytten söderut. Han själv var lite vilsen då, nyseparerad och på jakt efter nytt.

Gunnel arbetade i sybehörsaffär och hade ingen direkt erfa-renhet av barn men var glad åt sitt eget, efterlängtat och älskat. Svårare var det med Jackes dotter. Hon visste inte hur hon skulle nå fram, blev bara ställd och tafatt vid den mur som Ella visade upp. Det enda hon därför kunde säga till Jacke var:

»Det ordnar sig nog.«

*

Vägen tillbaka gick mestadels i tysthetens tecken. Förutom att Alma var sprallig och babblade på. Hon var pigg och ville gå själv, hålla Ella i handen. De gick först och Ella försökte till en början att åtminstone ibland svara an på det Alma sa, men insåg också att det viktigaste för Alma verkade vara att få prata, och att det räckte om Ella hummade till svar och tryckte systerns hand lite extra.

Jacke och Gunnel gick en bit bakom, hade kommit efter då de plockat ihop allt och sen fördelat bördorna, medan flickorna helt sonika hade traskat iväg. De sa inget, gick sammanbitna och lite trötta av solen, ville bara hem och in till svalkan. Hoppades också att anrättningen skulle bli god och mjuka upp Ellas humör något. Där var de helt fel ute.

Väl hemma kastade Ella sig in i tältet och fick sällskap av Alma som ville brottas, och kiknade av skratt då Ella lekte »Baka baka liten kaka« och andra ramslekar med henne. De vuxna skyndade in i huset, ropade bara till Ella att de skulle börja med maten så fort de kunde, för »Du är väl hungrig du med?« Inget svar kom men det hade de heller inte räknat med så…

Jacke kom snabbt ut efter att ha lastat av packningen, gick ner mot stranden och rökte ett par snabba cigg innan han skyndade sig in igen. Hostade betänkligt också kunde Ella höra, då hon slutat leka med Alma som skrattandes rullade runt på madrassen och försökte gömma sig inne i sovtäcket.

»Hördu Alma, måste in på toa. Ska du va' kvar här eller kommer du med in, och ser hur det går med maten kanske?«

»Jaa!« Alma kastade av sig täcket och strök sina rufsiga lockar från ansiktet, hoppade snabbt upp till stående och var ute ur tältet strax efter Ella, tog hennes hand och gjorde sen ansatser till små hoppsasteg hela vägen in mot köket.

Ella hade bara tänkt lämna av Alma i köket innan toabesöket, men då hon såg vad som pågick vid spisen var det som ett slag i magen och hon frös som till is, innan det släppte och hon kunde få ur sig ett förtvivlat rop:

»Vad sysslar ni med, är ni helt galna eller?!«

Aktiviteten avstannade kort och de båda vuxna såg helt perplexa ut. Gunnel var i färd med att lägga i dill i potatisgrytan, Jacke höll en sprattlande krabba i handen och lät den sen sakta dala ner i den kokande grytan.

»Neeeej!!!« Ella gav upp ett närmast öronbedövande skrik som fick Alma att börja gråta och kasta sig runt sin mammas ben. Gunnel såg bestört ut, Jacke tappade tålamodet och skrek tillbaks:

»Lugna ner dig mänska!! Vad är det för sätt att bete sig på?!«

»Jag lugna ner mig?! Jag bete mig?! Det är väl ni som beter er! Hur kan ni koka dom levande, djävla barbarer?!«

Ella såg lika förtvivlad ut som hon kände sig. Jacke var högröd i ansiktet och kämpade med sig själv för att inte tappa fattningen alldeles. Motstridiga känslor slet i honom, han visste varken ut eller in. Ella vände på klacken och rusade iväg, sprang rätt ner till havet och stannade inte förrän hon stod upp till midjan i vatten. Tårarna rann i en högljudd gråt.

Inne i köket kunde Gunnel trösta sin dotter, satte sig och vaggade henne i knäet, vyssjade och strök henne lugnande över kinden. Jacke suckade djupt innan han resolut förpassade den sista krabban ner i grytan. Han kastade en härjad blick på Gunnel innan han stegade ut från köket.

»Passa krabborna. Måste snacka med Ella.«

*

När Jacke såg sin dotter ute i vattnet gråtandes nästan hysteriskt, kände han sig totalt hjälplös. Han stannade upp på gårdsplanen och vred sina händer. Det här var mer än han klarade det kände han. Måste ändå göra något. Han suckade djupt och svor tyst för sig själv medan han med skakiga ben men ändå bestämt stegade ner till strandkanten. Han samlade sig och tog till orda:

»Kom tillbaka Ella så får vi prata.« Inget svar förutom ökad intensitet i gråten blev resultatet.

»Djäklar också… men vad faan.« Jacke tog av sig skorna och vadade ut till Ella. Han hade shorts så klarade sig utan att blöta ner kläder. Väl framme tog han sin dotter i famnen och höll om henne, sa inget, bara kramade och strök henne över håret. Ella burrade in sitt ansikte i hans mage och fortsatte hulka en stund men blev sen lugn. Hon lyfte upp huvudet och gav honom en rödgråten blick:

»Varför sa du inget? Att ni skulle göra så? Jag visste inte, skulle aldrig ha fiskat några i så fall. Och hur kunde ni? Tänk bara, koka dem levande…«

»Tänkte inte på att det var nåt konstigt med det. Det är så man gör helt enkelt.«

»Så man gör? Men det är ju grymt ju. Skulle du vilja bli levande kokt kanske?«

»Nej men det är väl skillnad.« Jacke skrattade till och rufsade om Ella i håret, strök de blöta testarna från panna och kinder också.

»Vadå skillnad? Du vet väl inte hur ont det gör på dom.« Ella gav sig inte.

»Du menar väl ändå inte att jag är jämförbar med en krabba? Och tror faktiskt för den delen inte att de har en sån känsel.«

»Liv som liv och vad vet du om det?«

»Äh sluta nu och kom upp. Du måste byta om och så ska vi äta.«

»Tänker inte äta dem i alla fall.« Ella ville ha det sagt men följde ändå med sin pappa upp ur vattnet, kände sig lite kall nu när hon lugnat sig, slank in i tältet och fick av de blöta skorna, strumporna och byxorna. Torkade sig varm med en handduk innan hon kröp in i ett par sköna mjukisbyxor och stoppade fötterna i ett par fleecetofflor. Gick sen och satte sig på altanen där det var dukat för middag.

Gunnel kom precis ut med potatisen, fadern sen med sallad och bröd. Alma klättrade upp i sin stol och såg nyfiket på Ella, lite avvaktande också. Ella kramade hennes lilla hand och log, vilket fick Alma att mjukna och hoppa glatt på stolen.

Snart var allt framme och även de vuxna slog sig ner. De såg besvärade ut men sa ingenting. Gunnel gjorde i ordning till Alma. Mosade en potatis i smör, la upp lite sallad och skalade en krabba, tog sen själv för åt sig. Jacke var redan i full gång med att äta, under tystnad. Bara Alma tjattrade, nynnade på en ramsa och petade lite med fingrarna i maten, fick upp några små tuggor på skeden och gaffeln då och då, proppade munnen full och såg ut att tycka bra om det hon fick in.

Ella stirrade på sin tomma tallrik. Svalde och bestämde sig sen för att låtsas som att hon inte såg krabborna, tog sallad, potatis och bröd och började äta.

»Förstår om du inte vill äta nån krabba, men tänk ändå på att dom ju nu är fiskade och kokta. Är det inte bättre då att dom äts upp och inte blir bortkastade? För i så fall var det ju rätt onödigt att vi fångade dom, eller?«

Jacke hade tänkt en stund och vågade sig på ett försök att få Ella med på noterna. Det gick inte helt bra men blev ingen katastrof heller. Hon hade lugnat sig och var inte kvar i chocken utan istället mer sorgsen och tom, villrådig även.

»Kan bara inte förmå mig tror jag…«

Hon tvekade och tittade mot uppläggningsfatet med krabborna. Han hade ju en klar poäng hennes pappa så ja, till slut tog hon en krabba och la på tallriken, började skala som hon sett dem göra och stoppade sen tveksamt en bit i munnen. Det smakade inte ens gott. Hon pinade i sig den ändå, för att den inte skulle ha dött förgäves som hon tänkte, la sen ner besticken och sa:

»Jag äter ingen mer. Ni visste och ni får äta resten. Har förresten bestämt mig nu att jag inte tänker äta nåt djur nå mer. Aldrig.

33

Nånsin. Ska bli vegetarian. För jag kan inte döda och vill inte att djuren ska dö för att jag ska äta dom.« Jacke förstod att det inte var nån idé att argumentera, inte nu illa fall. Han nickade bara till svar och fortsatte äta. Gunnel sa heller inget, tänkte bara i sitt stilla sinne att det inte var lätt det här. Alma klappade på Ellas hand och sa:
»Alma inte äta heller.«

*

Den natten grät sig Ella till sömns i tältet. I sorg över alla oskyldigas lidande. Som hon till dels var ansvarig för, men sörjde främst att hon kunde göra så lite. Vare sig för djur eller människor. Inte ens sig själv kunde hon hjälpa.

Hon hade bestämt sig i alla fall. För att kämpa, aldrig ge upp, stå på sig och slåss mot orättvisor och djurplågeri. Dumma äckliga vuxna vanor som gjorde illa också, skulle säga ifrån. Försöka åtminstone, bli en kämpe. Med den tanken kvar i sinnet kunde hon hitta sömnen och få ro till natten, i det hon kramade extrakudden och snusade in dofterna av det hon längtade efter.

*

Många år senare satt Ella vid sitt skrivbord och tänkte tillbaka på den sommaren, veckan vid havet med pappa, hans nya fru och lillasyster Alma. Hon minns det så väl, både det som hände då och sen, hur hon stod fast vid sitt löfte till sig själv och livet. Det var så hon tänkte på det som. Att aldrig mer äta djur. Att börja kämpa och aldrig vika ner sig. Det gick inte allt på en gång, gjorde så gott hon kunde, några steg i taget. Fick ont av det ibland men gav aldrig upp. Hon suckade vid minnena och kände att ja det är värt det och än är det långt kvar. Hon tog pennan och skrev:

Frusna systrar söker
ett varmt land av ljus

Huttrande
ur mörkret spirar de
och växer
till att synas

Man kommer att vakna
i en annan timme,
ge plats åt ny tanke
av dessa skaror

Att bryta igenom
förnedringen
fram till kärlek

En islossning
som förflyttar berg

De kommer att rämna

Barndomens paradis

Hon var bara 11 år Elise. Hinken var tung att bära och dagen långt liden. Luggen hade svettats fast i pannan och kinderna brände av solvarm dag. Ändå. Hon suckade av välbehag och kände stark glädje mitt i all trötthet där hon gick bakom mormor sin. Det var värt det. Här kände hon det riktiga lugnet och friden. Hos mormor i fjällstugan, där dagar och nätter blandades rofyllt med allehanda upptåg, där dagsturerna på hjortronsök var ett exempel. De hade haft turen med sig idag. Myrarna var fulla av fjällets guld, det vara bara att sätta sig ner och plocka. Så hade de också fått varsin hink full och det var klart att Elise ville bära sin själv. Fattas bara.

Nu vände sig mormor om, stannade upp, satte ner sin hink och väntade in barnbarnet sitt. Betraktade flickan som kämpade med hinken, bytte hand men klagade inte. Blickarna möttes i varma leenden. Det var då för väl att jag får rå om henne alldeles själv ibland tänkte mormor. Hon behöver det och jag. Fanns ett oros skimmer över barnets ögon då hon kom, men borta nu efter några dagar på fjället.

»Är du trött?«

Elise tvekade men svarade ärligt i det hon satte ner hinken och sträckte ut sig för att få lite lösare de spända musklerna:

»Jo lite, men ingen fara. Är så glad över att ha fått hinken full och vi är väl snart framme.« Ett konstaterande snarare än en fråga.

»Javisst inte långt kvar men vi kan sätta oss en stund, ta en paus här vid trädet.«

Det var en fjällbjörk och torrare mark, lite upphöjt också, närapå en kulle. De satte sig och vilade, mormor och Elise, kunde nog behöva det båda två.

De hade varit ute hela dagen, i ett väder där solen ömsom gassat, ömsom vilat bakom molnen och en ljum vind hade bjudit på svalka, där temperaturen annars väl överstigit 20-gradersstrecket. De hade gott om matsäck med och där hade hon fått lära sig att den skulle göras och packas på tom mage, annars räckte den inte för hungern underskattades alltid efter avslutad måltid. Mättnaden gjorde det svårt att tänka framåt på klokt sätt sa mormor. Det visste Elise så väl vid det här laget, att klok det var mormor, fanns mycket att lära där.

Mormor var en person full av sagor och hade guidat barnbarnet Elise genom myrarna och fjällstråken, klipporna och vattendragen. Hon gjorde det delvis med att placera sig och barnet i en fantasiresa där kanjonerna fick bli Klippiga bergen, och vattnet som rann i skrevorna benämndes Niagarafallen.

Från resan till Amerika hon vunnit och rest till med yngste sonen. Ville föra med sig minnena på ett lekfullt sätt till Elise, och kunde med det också distansera sig något från det dödsbud som hade väntat henne vid hemkomsten. Att maken som hon lämnat hemma inte fanns mer. I det längsta hade hon väntat på att han skulle vara i skick att följa med på resan men då giltighetstiden närmade sig slutet, reste hon med lillpojken, 16-åringen istället. Ja mormor hade inte bara vuxna barn utan även en liten sladdis kan man säga, inte många år äldre än Elise och på det viset blivit likt en storebror som stod henne nära.

En fantastisk resa hade de haft mormor och sonen. Minnena var många och ofta berättade. Mormor ville gärna leva kvar i dem, i alla fall stundom vara där, för att slippa befatta sig med det svåra. Där känslan av skuld för att ha lämnat mannen var det som tyngde mest. Hade han kanske levt om inte…

Om allt detta, hur det varit, blev, och grubblerierna, visste Elise inte mycket. Hon var lyckligt ovetandes om, eller hade med barnets förmåga, lagt undan det sorgesamma till förmån för varande i nuet. Ett nu som tillsammans med mormor alltid var fridfullt, tryggt och varmt. Oavsett allt runtomkring. Inte ens berättelser om skogsrån som var ute efter hjortronhinkarna och de behövde skynda sig för, nu när de vilat en stund, kunde på riktigt skrämma henne. Inte när mormor var med.

I bilen hem till stugan var det svårt för Elise att hålla ögonen öppna. Tröttheten från den fysiskt ansträngande om än fantastiskt äventyrsrika dagen satte sina spår. Det var inte långt hem, några kilometer bara men Elise hade önskat det var längre. Att slappna av i bilsätet och bara föras fram och med rytmen i lugna körningen var en känsla som hon gärna befann sig i och det gick lätt att somna.

Hon sträckte på sig och lät kroppen sakta vakna till när motorljudet tystnat och mormors milda stämma förkunnat att:

»Nu Elise är det dags att stiga ur.«

*

Efter kvällsmaten satt de på trappen och tittade ut över landskapet. Stugan låg högt och framför den bredde ett fält av fjällbjörkskog ut sig, för att övergå i ängar, vägen genom byn, slåttermark och sen några gårdar där bybor allt som oftast kunde beses i färd med allehanda sysslor. Det kunde även höras ibland vad det talades om på gården ner mot sjön. Ljudet färdades på ett märkligt sätt tyckte Elise. Hon kunde höra rösterna klart och tydligt, även om det vissa gånger på grund av dialekten var svårare att tyda alla orden.

Sjön var inte bred, på andra sidan tog fjället vid, med tät skog som följdes av platån och sedan det mäktiga fjällmassivet med sina mindre toppar och som kronan på verket den största och magnifikt mäktiga, som Elise inte kunde titta sig mätt på. En kväll som denna extra vackert var det, när solen speglades i sjön och kastade solarmar ut över fjället. Så tänkte i alla fall Elise att det var. Tänkte det som en kram. Solkramar till kvällningen för att kunna sova gott.

*

Utedass och vatten i bäcken, mat i kallkällaren och en och annan mus som måste jagas undan. Obekymrade äventyrslekar på dagen, med syskon och morbror »storebror«, där de var indianer på prärien som spejade och red. Sagor vid brasan på kvällen, varm choklad och ostsmörgåsar innan läggdags i överslafen den breda nära taket, med plats för 3 barn som gärna smygtittade på de vuxna som sena kvällar spelade kort och småpratade där nedanför. Fridens liljor verkligen, som en av morbröderna brukade säga och le stort. Getter som betade utanför fönstret på morgonen och tacksamt tog emot knäckebröd som extra tilltugg. Kor som gick lösa upp mot fjället varje dag, vände hemåt sen till kvällningen. Bjällran vittnade om att nu kommer de. Att få vara med och fösa dem hemåt var en sann glädje. Elise tänkte att hon hjälpte till men förstod nog också att korna hittade och ville hem själva. Till mjölkning och kvällsvila.

Allt detta och mycket mer fanns häruppe. Det var barndomens paradis dit Elise så ofta längtade. Alla somrar och ofta på vintern, påskar mest, bar det av hitupp. Ibland var hela stugan full och de fick tränga ihop sig, men som mormor brukade säga: »Finns det hjärterum så finns det stjärterum«. Ibland som nu var det bara mormor och hon.

*

Här fanns tillåtelse att bara vara och Elise kände att hon var älskad som hon var, precis så. Det kunde finnas sorger även i paradiset men de gick att leva med. Var ju så i livet, saker hände och alla sagor var heller inte bara lyckosamma helt igenom. Det viktiga var den trygga grundkänslan. Ett lugn och en värme gav stabilitet och skyddade från ängslan. Allt gick inte att hela tiden hålla undan, oron kunde tränga sig på även här. Den hälsade på ibland men försvann snabbt med mormors hjälp. Så var det bara.

*

En annan sommar, när Elise som nyss fyllda 20, tog tåg och buss själv upp till stugan och fjällen, för att få frid och ro och tillfälle att vila upp sig efter mycket pluggande, satte hon sig en kväll ute vid stenbordet. Hon blickade ut över fälten och ner mot sjön, såg upp mot himlen sen, där lätta moln ibland täckte solen men den kom snart igen. Hon slöt ögonen och tänkte tillbaka på sommaren med mormor. Den sommar då det var just bara de två, som blivit kvar extra länge, fått ett par veckor själva häruppe, på ett sätt som etsat sig kvar i minnet och präglat Elise sedan dess. Hon öppnade ögonen, tog fram sin lilla skrivbok ur fickan och klottrade ner några rader, sprungna ur minnena:

Solsken skrattar
soldis ler

Första gången
hon såg Skapelsens dag
den blåa himlen och solsken fullt
var hon en liten
jänta bara

och mormor ville
ha solen som vittne
till ett namn
som var hennes,
en äkta
kärleksgåva

Solsken ja det bästa
i barndomens paradis

där alltid värmande mjukhet
i trygghet att finnas till
var på plats
oavsett allt

Längtans sköra blomma

Tårar skymmer sikten då tåget rusar fram genom de sommarklädda landskapen där solen speglar sig i åkrar, ängar, skog och mark. Bara småglimtar når fram till Elly där hon sitter ensam i kupén, ja tur är det åtminstone hinner hon tänka innan dörren slås upp och en yngling med jeanskläder i trasor och nålar i näsan slår sig ned innan för dörren, med freestylen i öronen och är väl knappast nåbar för omvärlden runt om i alla fall, så ensam kan Elly trots allt nog ändå få vara med sina tårar.

Det var du som skulle skydda mig, hålla min hand, lyfta mig mot taken så det hisnade och tryggt ta mig ner igen. Du som borde finnas där i natten när mardrömmen kom eller spöken under sängen... Dig som jag längtade efter i fönstret på Brunnsgatan, andra våningen, med storasyster vid min sida:»Pappa kom hem, för vi längtar efter dig...« Regnet skymde sikten då likväl som det gjorde vägarna mer osäkra, försenade bilen men du kom till slut. Den gången och vi fick följa med dig till ditt nya hem. Innan dess hade du spårlöst försvunnit utan ord. Vi ropade på dig genom brevlådeinkastet, rösterna ekade i den tomma lägenheten. Vi förstod ingenting den gången. Du ville inte såra oss skrev du senare i ett brev... Hur tänkte du då? Egentligen var du för feg att SE oss sårade.

Elly tänkte tillbaka och försöker sortera i röran av tankar, känslor och ord. Hon hade så länge fortsatt längta. Idealiserat och längtat. Min pappa. Om bara han funnits här så... En tröst ändå kanske, just att hon fick ha den längtan, den tron på att han var den fina pappan som höll handen, sjöng godnattsånger, varmt och tryggt. Fint att ha som dröm, nåt att hoppas på, längta till. Kanske lenade mitt i alltihop...? Hon visste inte. Bara vad som sen hände... Nu, på den här resan.

Det hade börjat bra.

*

Han hade ordnat skjuts via en bekant, eftersom han själv inte kunde eller fick köra längre efter två rattfylleriförseelser, den ena dessutom med vållande till kroppsskada – egen och andras. Jaja det tänkte hon inte så jättemycket på. Inte då, istället överseende med hans problem och att han behövde hjälp, inte stjälp. Alkoholism var ju en sjukdom, det visste väl alla. Elly översåg med det. Ingen hade ju dött heller.

Stugan på ön var fint belägen på en höjd med utsikt över havet. Det var hennes farfar och pappa som byggt den, ja nog mest farfar som var den med yrkeskunnandet, men fadern var också en rätt händig karl, som man säger, fast valt annan bana.

Han rådde om huset själv nu, efter skilsmässan från andra frun. Så länge det nu begav sig. Elly förstod att det inte stod helt bra till med det ekonomiska. Vad som hänt i äktenskapet dem emellan visste hon inte heller mycket av, men tänkte det berodde på spriten... Hur det verkligen hängde ihop och hur det skulle sluta fick hon veta först långt senare.

Han var duktig att laga mat pappan, rätt huslig så. Elly åt med god aptit den väldoftande gratäng med tilltugg som han bjöd på. De hade mycket att prata om också. Fast det inte var enbart roligt. Nej Elly hade svårt att smälta det som handlade om fängelset och tiden där, ville som inte varken tro eller veta nåt om det. Hon lyssnade ändå. Han hade behov av att berätta så. Att hon ens var där nu hade bestämts i en hast.

De hade inte setts på länge och han hade bönat om att få besök. Behövde lite sällskap innan han tog itu med saker sa han. Hans bror skulle komma ner senare och hämta upp honom till sig för att sen försöka få det ordnat med jobb och annat som låg och väntade att tas beslut om och åtgärda. Ekonomin då bland annat förstod Elly. Brodern var stabil och lugn, hade ordning på saker och kunde säkert vara till god hjälp. Det skulle dröja några dagar och fadern tyckte ensamheten var svår. Elly kände ansvar. Han fick inte börja dricka igen så hon hade tagit tåget ner. Det var ett par dagar sen nu och när hon tänkte tillbaka på den resan var det en himmelsvid skillnad. Hon hade varit förväntansfull även om viss oro funnits med, gällande huruvida hon skulle klara att vara det stöd han behövde tills brodern kom. Det var ändå något helt annat mot känslorna nu. Avgrundsdjupt hade hon fallit kändes det som.

*

Efter middagen hade de gått ner till havet, genom en skogsdunge fanns en väl upptrampad stig och det var inte långt alls. Kvällen var ljum och väldigt ljus, såhär i början av juni. Fiskmåsar och trutar förde liv, vågskvalp också till och från, men annars var det bara lite sus i säven som hördes.

Elly badade fötterna och de satt en stund på stranden på en bänk och pratade. Det var som det ska vara tänkte Elly. Pappa var pappa och ställde frågor om skolan nu inför gymnasiet och om de övriga sommarplanerna. Inget dåligt prat kvar från samtalet under måltiden. Nej nu var han en lyssnare och kom med kloka råd. Elly blev varm inombords och till och med lite tårögd. Det här hade hon saknat.

»Vad glad jag är att jag kom hit till dig pappa. Bra att du frågade.«

»Jag är också glad Elly, verkligen. Har saknat att få vara pappa med dotter.« Han skrattade till när han sa det, och ett varmt leende sprack upp. Hans snälla ögon mötte Ellys och han la sin hand faderligt på hennes och kramade lätt. Elly lutade huvudet mot faderns axel, slöt ögonen och suckade. Här kunde hon sitta länge till. Det skulle ordna sig, var hon säker på. Han var okey nu, det kommer att gå bra. Elly trummade in de orden som ett mantra. Hon hade längtat länge…

*

Elly kom ut från duschen, påklädd och med handduken runt håret, rufsade till det i torkningsivern så det stod som en sky runt ansiktet hennes. Det var som det brukade och hon trivdes faktiskt bra med rufs, fast andra hade synpunkter var det precis så hon ville ha det, och med luggen spretandes rätt upp.

Tonerna av Dean Martins »That's Amore« strömmade från skivspelaren. Hennes pappa satt i soffan tillbakalutad och med ett glas i handen och nynnade med. Hon stelnade till men kom sig, nej det var säkert bara läsk. Han hade ju slutat…

»Hej vad dricker du?« Elly kunde inte låta bli att fråga. Trots att han sagt…

»Hej stumpan, var det skönt med en dusch?« Han såg en kort stund på Elly, vände sen snabbt tillbaka blicken.

»Eh bara lite sodaläsk, var törstig efter strandpromenaden. Det finns lite att välja på till dig också, bara att kolla i kylen.«

Elly kände sig inte helt säker. Han hade en annan blick och även rösten var på något sätt inte hans, mer grötig. Fast hon kunde ju missta sig, hoppades på det. Svarade inte honom utan gick direkt till köket och öppnade kylen. Ingen spritflaska men några läsk fanns det där. Hon blev något lugnare, tog ut en cola, hämtade glas och hällde upp. Gick sakta in till fadern, fortfarande något osäker. Han sken upp då hon kom.

»Kom och sätt dig!« Han sträckte ut armen och manade henne att ta plats bredvid honom i soffan.

Elly svalde tveksamheten i en klunk coca-cola och sjönk ner i den mjuka plyschsoffan bredvid sin pappa. Hon makade sig tillrätta och suckade förnöjt. Det var ändå härligt att vara här och kunna få fin tid tillsammans. Varför skulle hon misstro honom, gammal rädsla bara, bort med den. Hon lutade sig tillbaka mot soffans ryggstöd. Slöt ögonen och trampade i takt med musiken. Inte hennes favorit men ändå, Dean Martins röst var fin och gav stämning.

Plötsligt hände något och förtrollningen var bruten.

Iskallt i bröstet när kramen inte längre var faderlig utan kletig, och hon kände spritånga från munnen när han kom för nära och viskade förbjudna ord...

*

Hon mindes inte allt. Inte hur hon tog sig därifrån och vad hon sa. Det var så främmande och galet, förvirrande ofattbart att hon först inte ens hittat ord. Det borde på intet vis ha skett något sånt här, en mardröm kanske... men nej det hände.

Hon mindes att hon desperat skrikit till, krupit ihop av skräck. Sen på något sätt tagit sig upp och ut, till rummet. Hon låste och gömde sig under täcket. Låg darrande kvar med tårar som flödade. Natten blev lång och sömnlös.

Då morgonen kom var det som att inget hänt. Pappan kokade kaffe och te och log mot sin dotter som försiktigt kikade ut genom sovrumsdörren.

»Frukosten är klar snart. Har du sovit gott?«

Elly svarade inte, skyndade in på toaletten och stirrade en lång stund i spegeln. Funderade på vad hon skulle säga när hon kom ut, och hur hon skulle ta sig igenom innan det gick att ta sig hemåt. Att vara på sin vakt, inte komma nära på något sätt och just ja, magen kunde hon skylla på, hade sådan värk så måste nog åka redan idag... Magen ja, den var bra att ha...

*

Nu satt Elly på tåget. På väg bort från skärvorna av barndomens tillit. Längtans sköra blomma hade krossats en gång för alla. Det

skulle spilla över lång tid. Hon tog upp penna och papper ur ax-
elremsväskan och skrev mellan tårarna:

Svårt var det
fånga ljuset andra stunderna
fast sången och värmen
bröt igenom

Hade velat tro
det gick att lita på men ack nej

Vad hjälper de vackra orden
i sången på kvällen
och snälla ögon,
kanhända även
ett försynt förlåt

när du trasat
bränt
innersta sanningen,
skadat in i märgen
det lilla barnet

Länge
levde ändå hoppet
ville inte
släppa
fast det inte längre fanns

Det spelar ingen roll
hur snäll du var nykter

Spelar bara roll
hur hemsk du var full

Hemskheten utplånar glädjen
där kvar ett öppet sår

*

Elly klev av tåget, omtumlad men till synes oskadd. Såren syntes inte och hon berättade inget för någon. Inte varför hon åkte och inte om den halvtomma spritflaskan hon varit nära att snubbla på då hon tog sig ifrån soffan. Visste inte vad hon skulle tänka eller tro om allt, kände bara att det fina som funnits och hon längtat efter var som borta, kvar endast tomt mörker. Där hon inte förstod och helt ville glömma, för det fick inte vara så... Att det inte kunde glömmas eller gömmas fullt ut visste hon inte nu och förstod först senare, långt senare.

Om natten vore min bundsförvant...

»Om natten vore min bundsförvant då skulle ingen rädsla finnas. Då skulle sömnen komma lugnt och skönt och inget sorget ledset orosfladder finnas i mitt bröst. Då skulle jag inte behöva trumma mina mantran eller läsa Kristina Lugns kloka ord på den skrynkliga lilla lapp jag hade nedtecknat dem på. Jag är inte helt säker så sätter inget citattecken, men det är det här som står på lappen: När du är rädd ska du ta ett steg framåt, för det är det enda du kan göra. Klara besked javisst. Ta ett steg framåt bara, möta rädslan. Det är något jag sällan vågar. Skulle vilja, önskar mig men ack så sällan jag vågar. Flyr istället...

När rädslan kommer, rinner som all mening och livslust bort och jag blir barskrapad ensam kvar. Det borde inte behöva vara så men det är precis vad det är. Det är inte bara rädslan, nej tristessen finns också som omväxling... Ensamhetens tyngd gör allt värre. Tvåsamhetens misslyckande likaså. Enda glädjen är i sällskap med de levnadsglada. Då kan jag känna pulsen också i mina ådror och livet som talar och ger bra budskap. Sen i tystheten därhemma kommer det gråa mörka allt som oftast tillbaka. Där står jag och stirrar, ut och in i tomheten...

Ibland kan den goda känslan finnas kvar en stund till, kvällen ut åtminstone. Det tas tacksamt emot. Andra gånger finns ingenting.

I rädslan finns en kamp, ett driv, i tristessen inte den minsta lilla glöd. Svart, segt, tomt.

Det lilla vita pillret en befriare för att slippa finnas fram till nästa gryning, där det återstår att se och känna vad den för med sig.

Vardagens kamp, de invanda stegen, en sorts trygghet trots allt som fyller upp. Den stängda dörren sen en öppning in mot mörkret. Bara att ta steget. Vad väntar jag på?…«

Svenskläraren på den välsedda gymnasieskolan i en av Sveriges talrikaste städer, Eivor Haglund, satt handfallen med pappersarket framför sig på skrivbordet. Ett av många prov som lämnats in, där rubriken var »En betraktelse…« Hon lyfte till slut blicken och stirrade stelt framför sig.

»Hm, vad ska jag göra med detta?« Frågan ställdes ut i tomma rummet för hon var ensam kvar i salen såklart. Eleverna hade lämnat såväl salen som skolan för dagen. Eivor hade velat rätta och bli klar, därför hon dröjt. Skymningen hade börjat lägga sig och hon förstod att hon var den enda som var kvar. Ingen här att ta råd av.

Eleven som skrivit det hon just läst, var en som det verkat rätt nöjd och glad om än ibland lite allvarsam flicka, tredjeårselev men ny för Eivor. Det här var det enda hon visat prov på där hon uttryckt något eget. Tidigare hade det bara handlat om faktatexter, analyser osv. Nu hade klassen fått en uppgift att skriva från hjärtat kan man säga. Det hade hon verkligen gjort.

Vad ska jag göra nu? Hur orolig bör jag bli? Tankarna snurrade i huvudet och obehaget stegrade i kroppen, hon fick ingen ro. Till slut bestämde hon sig, skulle tala med kuratorn och skolpsykologen i morgon. De visste säkert bättre råd. Inte helt nöjd men ändå något bättre till mods, gjorde hon klart. Släckte, låste och gick.

Ute på trappen slog den ljumma höstkvällen emot henne med en svalkande bris. Hon drog efter andan och knäppte upp jackan hon nyss stängt. Det var varmare än så härute. Skönt.

Hon hade dock inte mer än börjat gå trappstegen ner förrän oron åter grep tag i henne.

Flickan hade ju slutat med tre … vilket ändå var orovarslande. Kanske ett tecken, markering? Att vänta till i morgon var nog ingen bra idé. Bättre att ta tag i det direkt. Göra ett besök hemma, för att ringa om sånt här kändes inte okey och Eivor kände till var de bodde, flickan och hennes mamma, som var representant i hem och skola så de hade talats vid ibland. Skulle nog gå bra att ringa på där.

Sagt och gjort, Eivor tog ut stegen för att så snabbt som möjligt bli av med det här, lyfta sin oro och lägga det hela i knäet på någon annan som kunde ta ansvar. Hon suckade men var tillfreds med beslutet. Det var en gång- och cykelväg ut från skolgården åt det håll hon var på väg. Upplyst nu i och med skymningen. Hon kunde släppa lite på tankarna och konstatera att det såg trivsamt och vackert ut med träden som kantade på bägge sidor och som delvis nu på hösten skiftade i fler färger än grönt.

En kort bit in på gångvägen såg Eivor framför sig att det satt en person på en bänk under en gatlykta, med ryggen emot så det var först när personen hastigt reste på sig och vände huvudet mot Eivor som hon såg vem det var – Linn, flickan hon oroade sig för.

Linn reste sig, rafsade till sig ryggsäcken och hängde den slappt över ena axeln, log sedan mot Eivor.

»Jag väntade, tänkte väl att du skulle komma. Men du behöver inte oroa dig. I am a survivor. Överlever. Så du kan gå hem nu.« Hon slängde iväg en lätt vinkning och skyndade sig sen bort längs vägen, försvann in bland träden.

Eivor hann inte svara och kände sig något förvirrad över det plötsliga uppdykandet, likaväl som över hälsningen. Förbluffad men samtidigt lättad blev hon ståendes medan hon tänkte igenom sina val nu. Bestämde sig sedan för att vända av hemåt. Nu var det väl lugnt. Eller?

Nästa morgon när Eivor gick igenom pappershögen med uppsatserna och igen fångades av Linns bidrag, upptäckte hon att på baksidan av papperet var en dikt slarvigt nedtecknad, som i all hast:

Natten talar till oss,
vill bli vår bundsförvant

Häpen och försiktigt undrande
skakar vi av oss tanken

Att bära på sådana möjligheter
vänder upp och ned på allt

Den saknade länken
är ett kärleksbudskap

Igen kom oron över Eivor. Hon bestämde sig snabbt och stegade
iväg till Elevhälsans domäner. Det lyste grönt hos skolpsykologen.
Lättad tryckte Eivor på knappen och blev insläppt.

Den stora stenkrossen

Pappa var på ingående, tåget skulle strax komma. Det blev ett nervöst väntande på perrongen, kändes ensamt, tillsammans med pojkvännen visserligen men ändå. I det svåraste var hon ensam för ingen annan visste... De hade inte setts på ett tag och pappan kom nu från fängelse, permission för att närvara vid ett familjekalas. Hade fått lov att sova över en natt också, kalaset var inte förrän nästa dag. Lykke var förväntansfull men också lite rädd. Skulle det bli som förut eller kunde han hålla ihop sig, inte dricka? Visste inte. Hoppades. Affe som var med henne stod bredvid och studsade lite huttrandes, drog den bruna något slitna jackan tätare omkring sig. Den höll inte värmen riktigt.

Tåget kom och väntan kändes olidlig. Det var många vagnar och en strid ström av resande som klev av. Ingen pappa. De väntade tills det var helt tomt på folk och tåget sakta satte av igen. Lykke suckade, visste varken ut eller in. Vad var det för fel? Skulle hon ringa fängelset? Eller inte. Hur skulle det bli för honom, om han inte var kvar där...? Det kanske blev pådrag då, bäst att vänta.

»Vad tror du Affe? Vad kan ha hänt?« Lykke vände sig mot pojkvännen som snabbt skyndade framåt, ville bort från kylan in i värmen, styrde stegen mot väntsalen. Inte förrän han var inne där, i rökavdelningen, och då han tänt en cigarett och dragit djupa halsbloss, vände han sig till Lykke och svarade:

»Äh vadå. Han har väl missat tåget, kommer med nästa, eller så har han fått luft under vingarna och flugit sin kos.« Affe skrattade och log sitt varma men samtidigt busiga leende och slog ut med armen i en anarkistisk gest i det han utropade:

»Släpp fångarna loss, det är vår!« En äldre dam såg förskräckt ut, fimpade raskt och smet ut. En luggsliten A-lagare satt och sov i ett hörn, för övrigt var salen tom.

»Sluta, inget att skoja om.« Lykke lät inte så stött som hon var, mer överslätande, var av den sorten, mer försynt och hade svårt säga ifrån.

Hon kände fast sa inget, att hon inte togs på allvar, kunde inte förena sig i Affes humor den här gången, brukade annars gilla den skarpt, i alla fall såg det så ut...

Lykke vände sig bort, stirrade ut genom fönstret på snögloppet som börjat dala, fick då syn på en välkänd figur som kom traskandes längs perrongen och snabbt korsade övergången. Halvlufsig såg han ut i trenchcoat av den äldre sorten, håret rufsigt och oklippt, glasögonen stadigt på den framträdande näsan i det annars smala ansiktet, med en bag i handen.

»Pappa, där är han ju!« Lykke var snabbt ute och Affe kom strax bakom. En stor kram med tårar i både Lykkes och pappans ögon, tills han harklade sig och satte handen för munnen där den välkända hostan tog vid.

Han hade somnat och vaknat strax efter avgång igen, dragit i handbromsen på tåget som ännu inte nått full fart, på så vis kommit av. Han var tacksam över att de inte hunnit ringa, hade blivit efterlysning och påbackning, inte bra.

Sakta de gick genom staden, längs gågatan, tittade i skyltfönstren, passerade Systembolaget men där blev det stopp och en snabb vändning.

»Jag ska bara...ja du vet, du har ju fyllt och eh, lite ska vi väl fira.« Lykkes pappa släppte snabbt fram orden och försvann in. Hon stelnade, kunde inget säga. Affe visste inte desto mer, tog det helt lugnt, kul med lite firande sa han och smålog. Han skulle bara veta, tänkte Lykke och kände sig både kall och tom.

Den klirrande påsen var nerförpassad i bagen och sen bar det av på presentjakt. Det hade varit dåligt på den fronten, inte ofta något kommit men nu var det 18-årsdagen som skulle firas och fadern bestämt sig för att handla. Ett par fina tekoppar med fat samt en cigarettändare i pläterat guld slank ner i kassen och sträcktes fram.

Lykke visste inte vad hon skulle tänka eller känna men tackade och log, som man ska… tänkte sen att ja ja kompenserar för drickat som hon inte gillar, och han som inte gillar att hon börjat röka. Då kanske han tyckte det gick jämnt ut… Och nu fanns det pengar igen av nån orsak…

Lykke suckade men lämnade det i sinnet så länge. Hoppades ännu att kvällen skulle bli så lugn som möjligt, och att det var som han försäkrade när de gick från bolaget, att han kunde hantera spriten nu, hade varit torr länge på kåken och tänkte bara ta lite grann, för sällskaps skull. Visste ju att det var emot permisreglerna och så, det gjorde hon med, hade fått förhållningsorder från kriminalvården i och med att hon blev ansvarig att logera honom, som det visst hette….

*

Det blev en trivsam början på aftonen, med pasta, god kryddig sås, sallad och tända ljus. Vin i glasen och det var kanske okey tänkte Lykke för hon hade ju Affe där så, men sen kom punschen fram till kaffet och det började kännas mer osäkert. Hon hade också sett att fadern innan maten stoppat i sig en tablett. Ingen fara hade han försäkrat, bara något han fått på recept och måste ta.

Det brakade plötsligt och kraftigt, som en käftsmäll från ingenstans. Pappans blick helt svart och ur munnen obegripliga haranger, kletade sig fast mot Lykke och ville ha henne för sig själv. Han skrek ilsket mot Affe, rusade upp och ville slåss, när Lykke drog sig undan och Affe ville hjälpa. Affe skräckslagen, fadern i vilt tillstånd. Skrik, nävar, glas som föll. Lykke tänkte iskallt, måste göra något. Kastade sig mot golvet, låtsades bryta ihop, fingerade ett anfall. Det räckte, stoppade upp. Fadern lugn igen, de satte sig.

En kort stund av stilla behärskning innan det på nytt brakade löst, denna gång värre. Fadern skrek mot Affe att han skulle bort och nu kom det riktiga slag och Affe i upplösning. Anfallet tänkte Lykke och det kom på beställning, kröp ihop på golvet, vred sig som i smärtor, skakade. Fadern stillade sig, avbröt slagsmålet och vände blicken mot Lykke. Affe flydde och hon strax efter, slog igen dörren och sprang, genom snön. Sökte skydd. Gråtande bultade de på och kom in där de andra kalasgästerna fanns, inte långt därifrån. De fick lugna sig något och tillbaka följde sen storasyster med pojkvän. Pappa hade slocknat i soffan. Beskyddarna gick men Affe var fortfarande i upplösningstillstånd, rädd och arg, ledsen, sårad. Lykke med men visade inte mycket, sa inget men frös inombords. Det gällde att hålla ihop och klara sig igenom, ta sig igenom bara, som hon brukade. Men inget förut var som det här. En stenkross…

Lykke kunde inte visa vad hon tänkte och kände, inget vettigt säga, förklara, bara skydda. Ta hand om Affe. Sen inget mer. Affe barrikaderade alla dörrar och beväpnade sig med en brödkniv, kröp ihop på sängen. Lykke med. Låg där som hjälplösa barn kämpandes för att förstå och få ihop, det gick inte. Gråt och skräck, försök till tröst, räckte inte. Sent omsider kort sömn. De hade ju varandra.

*

Lykke vaknade till tystnad. Affe var borta och skulle inte komma åter förrän faran var över. Det förstod hon. Inte innan hennes pappa lämnat staden med kvällståget. Lykke var själv att lösa det, klara av dagen. Hon tittade försiktigt in i vardagsrummet där fadern sakta vaknade. Såg lite trött ut men log. Allt det galna var som borta. Malde kvar hos Lykke, som fick lov att vara den starka. Krossad dock. Ett steg för mycket. Stenkross.

Hur skulle hon klara dagen? Tankarna for som pilar genom huvudet. Ingen lösning. Hon kunde inget göra, måste se okey ut inför kalaset, måste hålla ut. Lyssnade vid frukosten till och med på pappans lögner då han förringade att han satt på kåken för misshandel...Var ju själv ett offer såklart. Hon bet ihop, trodde också kanske att det var sant men ändå inte. Kunde han hjälpa det som hänt? Hon fattade inte, visste inte, orkade inte... Kalaset genomfördes med stelnat leende. Höll ihop sig. Var bra på det. Svalde, kylde ner. Tog sig fram. Förvirrat kändes det att säga hej på perrongen, gav en kram också, fast visste inte om hon ville det... Vände sakta hemåt.

*

Det var mörkt i lägenheten. Tomt också. Av Affe syntes inget till. Lykke suckade och slog sig ner vid köksbordet. Där hon för någon timme sedan suttit med sin pappa, lyssnat och försökt trösta. Istället för tvärtom... Hon ville ju ändå det vore på annat sätt, att det inte var sant det han gjort fast hon var ju där och visste. Oavsett allt så var det som hänt igår det sista stora sveket. Den stora vidden fattade hon helt och håller först senare. Stenkross utan återvändo. Idag hade hon ändå försökt vara där för honom. Som om ingenting hänt...

Lykke sträckte sig efter sin anteckningsbok som låg på fönsterbrädan. En liten svart bok med röda kanter. Slog upp en sida och började skriva, i försök att bli av med åtminstone något av obehaget, brukade hjälpa i alla fall för stunden.

Trasig, trasig
trasselsudd
kan inte flyga mer

Otryggt fladder
i mage och bröst

Längtan och hopp inte mer
finns ingen barnslig oskuld kvar

57

Famlar i mörkret
efter det ljus
som borde finnas

Lykke lade ner pennan och tog sig för pannan. Kände gråten i
halsen, klumpen i bröstet. Då skvallrade dörrhandtaget om att
nu kom Affe.»Äntligen!« Lykke mötte Affe i hallen, sökte oroligt hans blick
under den uppfällda luvan på rocken. Ögonen var sorgsna, rädda,
men det fanns också något annat där. Han uttalade orden hon
verkligen behövde höra:
»Jag fattar nu, fattar Lykke…«
Hon kunde inte hålla tårarna tillbaka, inte han heller. De för-
enades i en stark kram. Tröstade varandra. Nu och ett tag till.
Gjorde så gott de kunde.

*

Lykke visste det inte nu men skulle efter 30, 40 år senare fortfa-
rande ha kvar delar av det gapande hålet som blivit av det skräck-
ens och sorgens otrygga frö han planterat…inte bara denna gång.
Det hade såtts där långt tidigare på andra sätt.

Inget var av elakhet kanhända men av vad? Hon kunde inte veta,
lyckades aldrig förstå. Uppsåt eller inte? Vad var skillnaden? Finns
inte uppsåtet i handlingen, dess själva utförande? Spelar det någon
roll att tanken och känslan är grumlad? Borde det inte fungera
ändå, finnas bromsar? Trots alkoholen? Jo det borde det absolut
göra. Tveklöst. Allt går inte att förlåta. Det största sveket hör dit.

Att hon inte fattat allt förrän långt senare, gjorde att hon kunde
gråta på begravningen och fortsatt hålla kvar i minnet bilden av
den fina pappan han en gång varit, som det också var synd om
gjorde hon det till, för att förhålla sig och klara det. Hon hade
gjort det förr, det kom som av sig självt. Insikten sen stängde den
dörren. Det behövde hon. För att på riktigt stå upp för sig.

Det är väl bara att hoppa…

Kim balanserade på broräcket, som var brett nog att gå på och hon hade till en början, innan stigningen, gått upprätt framåt, sedan satt sig och hasat vidare till mitten, där hon nu ställt sig upp. Det var något av en balansakt för det var inte helt vindstilla, och Kim var heller inte den sorten som gillade vare sig höga höjder eller broräcken. Ändå stod hon nu här.

Det var väl bara att hoppa… hade hon tänkt och tänkte nu också. Varför dra ut på det? Varför vara ängslig för att falla? Konstigt egentligen… Hon förstod inte. Som så mycket annat. Hon ville försvinna, stod inte ut och så hade det varit länge, om än i perioder lite lättare. Varför pina sig själv att finnas till, när allt var ett stort svart hål av ångest, iskallt i bröstet och stor sten i magen? Knivar i bröstet då det var värst, vreds om och var brännheta, en mildare magsjukevariant de lugnare dagarna.

Nej precis, det var därför hon var här ju. Nu skulle det bli av, och hon kände ett förunderligt lugn mitt i alltihop. Hade bestämt sig. Det var bäst såhär.

Metoden hade hon tänkt på ett tag. Ville det skulle vara absolut, ingen räddning till ett liv i skadat tillstånd, trasig men vid liv. Nej det var ju ungefär som nu det… bara på annat sätt.

Att kasta sig framför ett tåg hade i och för sig varit säkrast det förstod hon ju, men då drabbade det en massa andra än henne själv på ett sätt hon inte kunde ta ansvar för. Inte utsätta oskyldiga. Tabletter hade hon ingen koll på riktigt hur mycket som krävdes och där fanns risken att bli avbruten och räddad. Även om hon inte hade så många som nog brydde sig, hade det inte förvånat henne om någon kommit just då, så nej det gick bort. Några våldsamma eller utdragna scenarier ville hon heller inte ha. Skära sig hade hon tänkt på men nej, ville inte bli hittad naken i ett badkar.... Att hoppa rätt ner i havet var det bästa helt enkelt, hade hon kommit på. Valt platsen också, den blev självklar för henne. Från bron på väg till ön som de åkt till så många gånger, till stugan som kunde vara, ja varit en tid, ett smultronställe med ljuva barndomsminnen, där friden rådde och bara tanken på att det var dags att återse den, fick hjärtat att hoppa av glädje och värmen sprida sig i kroppen.

Det var då det. Innan. Innan det flyttat in någon i det övergivna torpet i skogen bredvid. Eller någon, nej det visste hon ju inte riktigt, blev inte klok på det, för såg bara skuggor innanför fönstren. Förutom den lilla dåligt klädda flickan, smutsig och tovig, med stora skrämda gröna ögon som skrek av rädsla.

Var hon kom ifrån flickan det visste ingen, knappt ens att hon fanns där. Var det bara hon som såg henne eller? Hon förstod inte. När Kim försökte berätta och få stöd, därhemma, för hur hon skulle göra, kunna hjälpa, så tittade de bara konstigt på henne och sen på varandra, vände bort blicken och låtsades som att de inte hört. Varje gång likadant, till en början, sen såg de alltmer allvarliga ut och tog ett långt samtal med Kim, där de försökte få henne att förstå att hon fantiserade. Och måste akta sig för att prata högt om sådana saker. Det kunde sluta illa.

Kim tystnade, men slutade inte att se eller lyssna. Flickan var yngre än hon, kunde vara en 8-9 år sådär trodde Kim, som då själv var 14.

Mager och grånad i hyn, oftast tårränder längs med kinderna. Barfota i träskor i sommaren, drog de långa grässtråna från ängen och tvinnade i handen, som en sorts lindring eller vad undrade Kim. Det rev till ibland och började blöda, vilket inte stoppade flickan, nej det verkade istället trigga henne än mer, rev då allt hastigare och riktigt intensivt emedan hon samtidigt ökade takten. Hon gick alltid samma väg. Ut genom den gnällande ytterdörren, nerför de två slitna stentrappstegen, ut på grusgången mot vägen som hon korsade, gav sig av över ängen innan hon försvann ur synhåll.

Vad hon hade för ärende eller när hon återvände visste inte Kim. Inte ens vad hon hette och de talade aldrig med varandra. Kim kunde bara inte låta bli att stå där varje morgon och vänta. Trots att det pinade henne så, eller kanske just därför. Inte så att hon var en självplågare, nej inte alls, utan just för att hon kände sådan hjälplöshet samtidigt medkänsla med flickan och den skrämda blicken.

Varje steg hon tog utsöndrade, ångade, av ångest och groteska minnen, for som blixtar ur huvudet på henne och studsade mot Kim som inte klarade hålla dem tillbaka, nej de sögs in och absorberades av hennes själ och hjärta, förmörkade dem alltmer. Som en mörk grotta full av häxkonster... där hon fått dricka häxbrygder och spöka ut sig, uppklädd för att behaga, beskådad och avklädd... kroppsligen och själsligen. Glimtar av skuggorna bakom gardinerna ackompanjerade det hela. Skadeskjuten. Kände hon sig, och mer och mer ihålig. Svartnade inifrån.

Stugan var annars en liten pärla ute i skärgården, med havsnära utsikt som det stått i annonsen. Ja från den lilla balkongen på övervåningen kunde man se badplatsen inne i viken där det också vid turliga dagar gick att se de stora båtarna i horisonten när de passerade i utkanten på väg bort från eller till fastlandet, eller kanske ut på internationellt vatten, vad visste hon. Tyckte varje gång det var spännande och lockande, som en sugande kraft att dras till. Kanske en utväg hade hon funderat på ibland. Att springa ut till yttersta kanten på udden och vinka med vit flagg till en förbipasserande ångare, skonare eller lyxkryssare, i hopp om att bli upplockad och räddad. En stillsam dröm som ibland ingav hopp...

Ingenting hjälpte. Inte föräldrarnas varningar, förmaningar, skolkuratorns klokskap eller BUP-psykologernas försök att nå

klarhet och rätt behandling. Inte doktorernas pillerburkar heller. Vars innehåll hon lät spola ner på toan i lönndom visserligen, men hjälpte gjorde de ju i alla fall inte...
Kim kunde inte hitta utvägen, inte komma undan. Drevs alltmer mot mörkret och det var ingen som förstod.
Nu stod hon här, hade kämpat färdigt. Varje ledighet, hade de allt som oftast åkt över bron och sen vägen fram till stugan. En gång något att längta till, sedan ett rent helvete... Kims lama protester om att få slippa ledde ingen vart. De bara skakade på huvudena och återgick till sina sysslor och planeringar, packade in i bilen och iväg de for.
Inte nu längre dock. Nu var hon fri. Nu bestämde hon, nu var det ingen som kunde komma åt att göra illa mer. Ingen rädsla för nya okända hemskheter, förvirring och skam. Ingenting alls. Bara friheten att fatta egna beslut. Hon var vuxen nu, med den fulla frihet som ju hörde till fördelen med att vara så kallad vuxen.
En frihet hon tyvärr bara kunde använda till att göra det sista valet. Tyvärr, ja hon kände det så men fann ingen återvändo. Inget hopp längre, ingen kunde hjälpa henne, torka tårarna och lena de brända såren. Det gjorde för ont. Och det fanns ingen nej ingen, att hålla i handen.

Sagt och gjort. Hon hoppade.

*

Kvar hemma på kammaren låg en lapp med några rader nerplitade och undertecknade, förstods av de som var kvar, som ett avskedsbrev:

Värjer sig fast kommer inte undan
det kalla stålet sitter kvar
drar ner muren framför allt
som skulle kunna göra skillnad

hjälpa till
det tror jag inte på

Brottet för stort att förlåtas
tvättas bort göras ogjort
inte finnas
för det är där
fastlåst in i märgen

där någon lenande bot
inte hittat fram

man har gjort ett barn illa

Från mörker till ljus

Molly sitter som inkapslad i ett hörn på V-Dalapuben, inbäddad i en stickad brun tröja hon kallar sin yllekofta som förhoppningsvis ska värma och hela. Det behöver hon. Hon stirrar ner i ölglaset framför sig som hon håller krampaktigt i, betraktandes skummet och spegelbilden av skräck och förtvivlan. Snabbt lyfter hon sen istället bägaren, sveper den och konstaterar efteråt att nu är bara skummet kvar på bottnen, spegelbilden borta. Om det vore så enkelt…

Lokalen är rökig och välfylld. Det stör henne inte desto mer, jag syns ju mindre då tänker hon. Molly har valt en plats i skymundan där hon hoppas att ingen av vännerna ska se henne. Om de kommer, som de brukar men då lär de nog se henne i vilket fall. Det vet hon. Kommer inte undan men det gör inget. Placeringen var mer som en markering. Förresten dyker de nog ändå inte upp en sån här dag, inte en av de vanliga de brukar ses på. För Molly spelar det ingen roll, behövde ut och bort och då fick det bli så.

Bekanta finns det gott om här, på stället hon ibland kallar sitt andra hem, men de har nog med sitt och Mollys pose visar sannolikt tydligt på behov av avstånd. Fast vännerna skulle inte stanna därvid. Om de kom. Det vet hon också. Hon vill inte men ändå vill hon.

Det har gått en vecka nu, sen den hemska dagen. Det är höst ute och egentligen inte så kallt som hon känner det, därav behovet av yllekoftan, medan andra härinne mest har skjorta eller blus. Hon måste värma sig, skydda, bevara, så det onda inte blir värre. Har inte läkt än och till viss del kanske aldrig gör det... Hon ruskar på sig vid den tanken, reser sig hastigt och går fram för att köpa en ny öl.

Det är kö men hon vänder tankarna inåt och väntar till synes tålmodigt. Killen som jobbar i baren känner hon väl, liksom de övriga här, stammis som hon är. Han hälsar glatt, hon tackar och kostar på sig ett leende när hon tar emot ölglaset. Hälften sveper hon på väg tillbaka till hörnet. Då ser hon, möter blicken på en av de efterhängsna och snälla hon inte vet hur hon ska förhålla sig till. En vän på ett sätt men han vill mer. Inte hon egentligen men har inte sagt det rakt ut. Varken det ena eller andra. Kanske idag vore ett bra tillfälle tänker hon. Lägga allt i knät på honom, kanske skulle det skrämma bort. Så hon berättade.

Berättade om hur det börjat, kampen hon gav upp, hur det fortsatt och hur det blev sen. I väntrummet, i salen sen där fler än hon låg väntandes. I rummet där det skedde och tårar flödade, ledsenhet blandad med förvåning, över hur snälla alla var...

Tomrummet sen, smärtan. Frågorna till läkaren som verkade tycka att vissa inte hörde hemma där. Hade hon förstått? Jodå det hade hon...

Hem och sova, låsa in sig... Allt det berättar hon. Han säger inget. Tar istället hennes hand och kramar. Skrämdes inte bort.

Molly kan inte mer, reser sig och går. Ut i kalla natten men det är inte långt hem.

*

Tillbaka på kammaren sätter Molly sig vid skrivbordet och plitar ner några rader:

Stor stark säker nallebjörn, yllekofta
trygghet mer än bara
ord och dimma
trasselsuddar, lösa trådar

aldrig fasta nog
att hitta hem själv
Behöver dig
att hålla i handen
då kommer allting
att ordna sig…

Molly suckar och lägger ner pennan. Var finns han? Inte här i alla fall… Hon lägger sig i sängen och drar täcket om sig, fullt påklädd men fryser ändå.

*

Långt senare…

Terapeuten är av den sorten som mest nickar och väntar på mer. Molly tyckte inte alltid om det men den här var vad hon fått och känt sig tvungen ta vara på. En chans. En livlina och då var det bara att anpassa sig. Försökte först med annan hjälp men hade hänvisats hit av Studenthälsan. Piller hade provats när det var som värst men inte hjälpt och Molly helt sonika lagt av med. Passade inte henne. Tjatade sig till terapi istället, samtal och det hade känts bra först när hon var där och berättade. Det blev kortvarigt. Psykologen tyckte det var för svårt. Hon var för svår Molly, tänka sig… Och det gjorde hon. Tänkte och undrade. Tog sig sen i kragen och bokade tid hos den omtalat duktiga terapeut hon nu träffade.

Ja duktig är hon, fick trots mycket tystnad och väntan alltid fram Molly till slut, åtminstone orden och tankarna. Det har gått tre år nu, närapå, sen det hände. Efter gungfly och alltför mycket virrvarr och svarta tankar, hade Molly hittat hit. Det gick rätt fort ändå att ta steget, att börja, för hon är av den sorten som vet att det inte går an att bara fly. Måste kämpa. Det har hon gjort. Kämpat.

Det går framåt, känns alltmer som att marken håller hela tiden.

Vändpunkten var nog den gången hon faktiskt grät här i rummet. Då känslorna också hittade fram och ut. Terapeuten sa efter det att:

»Ja du har gått i terapi här i över två år nu men låtsats som att du inte gjort det.«

Så svårt hade det varit, men nu är hon snart redo Molly, att börja en annan resa. Känner att hon gått från mörker till ljus. Är tacksam och säger det också.

Terapeuten ler och som alltid slutar sessionen med ett handslag.

*

Hemma på kammaren sen skriver Molly:

Att kasta sig ut i tomheten är att upptäcka
vad den är full av
Öppna dörren, glänta persiennerna
släppa in ljuset
Tillåta sig smaka på värmen
njuta doften, känna det levande
är att ta det första steget

Molly lägger ner pennan, tar ett djupt andetag och känner att det inte gör ont längre. Hon slår numret till sin bästa vän. Samtalet varar inte länge men det räcker. Molly suckar och ler när hon lagt på luren.

Hon tar sikte mot favoritfåtöljen, via vägen förbi stereon. Snart strömmar Bonnie Tylers »It´s a heartache« ur högtalarna. Molly stirrar ut mot natthimlen som skymtar genom fönstret och låter texten sjunka in, sjunger sen högt med i:

»It`s a fool´s game. Nothing but a fool´s game. Standing in the cold rain. Feeling like a clown.«

Molly vänder tillbaka mot fåtöljen, sätter sig bekvämt tillrätta och känner att nu är det nog rätt okey ändå, trots allt. Skriver sen:

Gråter men fördömer inte längre
har sorg som öppen dörr

Vad det var
eller kunde ha blivit
vet jag inte att ta ställning till

Vet bara att det finns mer
än antingen eller
och jag kan säga både
ja och nej

Det fanns där
och var borta

Jag visste inget annat,
men vad svårt det var
att förlora…

Vad det egentligen rör sig om
det kan vi inte se…
…för även gräset lever ju…

Och månen den bara skrattar.

Havsbris

Det var tungt att stiga av tåget efter en lång natt utan mycket till sömn. Ändå inte lika tungt som förra gången hon gjorde samma resa. Då var det bara en obokad sittvagn på det långa tåget från Paris mot Nice. Tågluffare som de var och vana vid att bara kunna hoppa på ett tåg, så var det vad de gjort. Emmy och pojkvännen. De fattade inte att det var fullt, ja överfullt milt sagt. Längtan till havet gjorde att de blev kvar. Kunde ju ha hoppat av i någon stad på vägen, letat hotell och gjort nytt försök men inte. Det går säkert bra hade de tänkt. Blev dock tuffare än de anat.

Det blev till att sitta vakna på ryggsäckarna vid en av utgångarna, tillsammans med ett gäng andra resenärer som inte heller hade någon bokad plats. Fick nöja sig med att överhuvudtaget få åka med. Stort nog kan man tycka. Eller inte...

Natten hade inte rymt tillstymmelse till sömn, istället mycken möda och kämpande med att hålla sig kvar på det lilla utrymmet, samt stå ut med oavbrutet dunkande från tågskenor, skrål från överförfriskade resenärer, samt bråk när kissnödiga ville komma åt toaletten. Där var det också fullt av passagerare, som inte gärna lät sig övertalas att flytta ut en stund. Sådan var natten då, men inte lika illa denna gång.

Emmy hade nu haft en bokad sittplats åtminstone och var tacksam för den. Det hade ändå inte blivit värst mycket sömn eller vila. Hon drog en djup befriande suck när tåget äntligen var framme och med skrikande bromsar saktade in och blev stilla. Emmy var här nu. I Antibes, la Cote d´Azur, France.

Det kändes spänt och stelt i hela kroppen, trots de sköna solstrålarna som bröt av mot den svettiga och unkna tågtillvaron. Ryggsäcken var tung där den hängde bara halvt på, hon hade inte haft tid att göra det bättre i trängseln mot perrongen.

Emmy satte ner packningen och sträckte ut ordentligt, kände den klibbiga farfarsskjortan och linnet inunder, som nästan fastlimmat av svetten, och trevligt var det inte att känna ångorna från armhålorna precis. Hon skyndade sig att sänka ner och tog raskt igen tag i ryggsäcken, satte den nu på ordentligt, spände bältet, greppade remmarna och gav sig av, genom stationsbyggnaden och ut på gatan.

Det var som hon hoppats. Det lilla hotellet, »Hotel Terminus«, snett emot tågcentralen fanns kvar, stod där lika inbjudande som första gången. Emmy log vid minnet. Det var tredje gången nu men aldrig förut ensam. Första var med pojkvännen. De hade fortsatt med tåget men vänt och tagit ett annat tillbaka, hade begeistrats av den gamla staden med dess pittoreska framtoning, till skillnad från de större turiststädernas lyxhotell och miljonvillor. Hade fått syn på det lilla hotellet och fått ett rum av den vänliga gamla damen i receptionen.

Andra gången var med en rätt bortkommen tjejkompis där Emmy fick sköta all logistik men kompisen i alla fall kunde bidra med humor och just sällskap. De träffade en kanadensare och hade beachparty på stranden i Nice med ett gäng från hans sällskap, halsade vin och njöt av havsbris, tång och gitarrmusik. Det var ett äventyr mer i busets tecken kan man säga. Trots allt inom ramarna, inga droger och inte alltför mycket alkohol. Roligt hade de fast någon kärleksresa blev det inte av det hela. Nej den gången väntade kärleken hemma i Sverige istället. Ett kärt återseende sen som dock till slut inte blev lika lyckat som de hoppats. Fast det var ju en annan historia…

Samma dam som då stod nu där och tog emot, förvånande nog med ett igenkännande leende och ett konstaterande att vi setts förut och hon var så välkommen:

»Ah, cette vous. Bienvenu mademoiselle. Ca me plait de vous revoyez encore une fois.« Det värmde och Emmy svarade så gott hon kunde:
»Merci madame. Je suis trez content de revinir ici. Jáime etre en Antibes, et votre hotel est parfait pour moi.«
Hotell var inte billigt men det spelade ingen roll. Ett alternativ var ju annars stranden i en sovsäck tillsammans med andra luffare, men då blev det Nice och inte här. Vid tanken kom minnena upp från den kvällen och natten, där vinet flödade nerför strupen, gitarrer spelade och allsång värmde liksom elden. Att hon inte blev kvar där sen i sovsäck med en gentleman som frestade har hon dock inte ångrat. Nej riktigt så spontan var hon inte då. Inte nu heller för den delen, väl aldrig riktigt varit. Emmy är mer av en inåtvänd betraktare än utåtriktad agerare. Trots alkohol fanns alltid en spärr. Det fanns något som höll emot, stoppade vid en gräns, såvida hon inte kände sig helt säker och trygg. Varken då eller nu.

Att ge sig ut på resa helt själv genom Europa som hon gjort den här gången var en sak, hoppa ner i andras sovsäckar en helt annan. Nej den natten i Nice blev hon och hennes sällskap sittandes vid elden som sakta falnade, såg sen solen gå upp innan de tog tåget tillbaka till Antibes. Till hotellet där hon nu igen checkat in.

Det var helt klart värt att känna igen och bli igenkänd, att insupa både nutid och dåtid, gräva fram känslorna och minnena, både de glada och de trista. Tankarna på vad hon befunnit sig i då och hur det blev sen. Kändes behövligt och bland annat därför hon begivit sig hit på nytt. För att känna efter. En sista tillbakablick som hon tänkte, för sen fick det vara nog med nostalgi för att istället vända blicken framåt.

*

Emmy gjorde sig hemmastadd i rummet, kände hur trött hon var och ville helst av allt bara krypa ner mellan de svala lakanen, och faktiskt sova ordentligt för det var ett tag sen. Hade varit i Paris en månad och bott på studenthem, internationellt sådant med folk från hela världen. Egna rum var det ont om, hon fick vara nöjd med en säng och en hylla i en sal med fem andra. Det var smutsigt, fullt av kackerlackor, såväl i badrum, sovrum som kök. Emmy trodde inte det var sant men många av de andra verkade ta det med ro. Det var med tiden nästan som hon vande sig hon med. Att sova var i alla fall inte lätt men Emmy lärde sig att bortse från det behovet och försöka tänka att ja ja sova har sin tid och den är inte nu…

Kallt blev det, för sista april stängdes värmen av till nästa vinter, trots att det vädermässigt absolut inte visade på att sommaren kommit och det var råkallt i rummet. Emmy var då väldigt glad över att haft insikten att ta med sig en sovsäck när hon reste, för utifall att, var en sån sort. Det var otympligt under färden men fantastiskt skönt när det begav sig. Hon var en som ofta frös, så att få stänga in sig med tjocktröja i sovsäck varje kväll, gjorde att hon klarade kylan något sånär, om än hon inte sov värst mycket.

Frukosten som ingick i priset ville hon inte missa så det gick inte an att ta sovmorgon. Den väl utnyttjade måltiden, dagens första och den de flesta kom upp till, bestod av varm choklad och baguetter med smör och marmelad. Inte värsta nyttigaste men åh så god. Det var lite av dagens höjdpunkt faktiskt.

Att umgås både dag och natt med alla dessa människor, studenter från världens alla hörn, göra Paris, plugga franska och festa, det var en upplevelse olik allt annat som hittills funnits i Emmys liv. Hon var ju annars en rätt försiktig typ så bara att ta sig an resan var för henne en stor sak. En utmaning var det att ge sig iväg, med tåg genom Sverige, Danmark och Tyskland, landa och kliva ut på Gare du Nord, sen leta rätt på adressen och skriva in sig.

Det var bara början men den var delvis skräckinjagande, särskilt som hon fick invänta öppnandet trött och hungrig sittandes på en bänk i Jardin du Luxembourg där en äldre man närmade sig med ett erbjudande om bostad…

Åh nej tänkte Emmy, vad har jag här att göra? Det blev dock bättre. En resa där inte målet utan vägen var det viktiga, inspirerad som hon var av Karin Boyes dikt »I rörelse«, där särskilt andan i strofen: »Nog finns det mål och mening med vår färd – men det är vägen, som är mödan värd«, var det hon tagit till sig.

Ungdomshemmet gränsade just till den underbara trädgården vars första möte snart förbyttes i både glädje och harmoni. Hon fick vänner, blev förälskad och även besviken, utan att för den skull fastna i bitterhet, bara lätt förvirring som behövde tid för att klarna. Den resan pågick fortfarande. Här sprang hon sina rundor, iförd Uppsala universitets t-shirt, stolt student och patriot som hon var, eller blev, så här på främmande mark.

Utmaningen var att besegra nojor och få mer ro i själen, efter rätt tunga år som delvis präglats av ångest, även tvekan på vad hon var värd och vem som skulle kunna älska henne, för den hon var. I tidig morgon på tåget från Uppsala hade hon skrivit i sin dagbok: »Efter nattens korta timmar, i gryningens kalla uppvaknande, börjar tåget sakta rulla.

Jag vänder mig om en sista gång, blickar tillbaka men stannar inte upp. Tårar grumlar synfältet men solen är också redan med mig. Det finns ingen anledning till oro.«

Det tog ett tag i Paris att komma dithän att någorlunda lugn och säkerhet infann sig. Inte helt lätt var det men med tiden och bestämdheten hon hade så växte styrkan och hon kunde släppa in mer av allt som hände och hinna reflektera också. Det blev en del heta diskussioner ibland och hon var då inte den som höll tyst. Här var Emmy inte sen att öppna munnen. Det var liksom nåt annat det som inte rörde henne själv bara utan var allmängiltigt och lättare att försvara. Pratade och stod upp för det hon höll för sant och trodde på, vilket bland annat var att det fanns likheter mellan rasism och sexism – något som inte föll så väl ut bland några av afrikanerna, men dock försvarade av andra, mer insiktsfulla, som också kunde stanna upp och se perspektiven.

Just de fransktalande studenterna från olika afrikanska länder var de hon en tid umgicks mest med och de var lättast att förstå, hänga med i franska språket, eftersom de talade betydligt långsammare än fransmännen i Paris. De var rätt lättsamma annars också, bra på att festa med, hade rytmen i blodet kanske. En månad drygt var hon där innan avresan söderut. Den var bestämd sedan tidigare, rutten uppgjord i Sverige. Kändes rätt även om det var med viss saknad hon sa hej till vännerna på studenthemmet. Extra svårt med vissa men hon tänkte att ändå dyka upp där igen på vägen hem så, det var inget riktigt farväl ännu, var vad hon sa när hon steg på tåget, till honom som följt med och vinkat av. Han som hon trott ett tag hon var förälskad i men förstått rätt snart att det var en chimär, inte det hon behövde, nej inte alls. Det hade varit lätt att vakna ur den drömmen. Inget att bygga på och känslan avtog snabbt när det visade sig att han långt ifrån förstod sig på en kvinna...

Emmy hade bestämt sig och nu var hon här, i sitt älskade Antibes. Hade klarat resan, hade minnen med sig av värmande vänskap och kände sig starkare än på länge. Nu var det tid att njuta och vila. Då var det skönt med en säng i eget rum.

*

Emmy gick inte och lade sig. Nej hon packade upp, tog en dusch och stod sen i fönstret och betraktade den rätt lugna gatan direkt nedanför, där det sedan längre bort, närmare centralstationen, var mer liv och rörelse.

En känsla av välbehag blandades med förväntan inför de dagar Emmy skulle tillbringa här, försöka summera och ta avstamp i det som följde och hon inte egentligen hade någon aning om just nu. Bara att det kändes förhållandevis lugnt och hon såg tiden an med tillförsikt. Inte helt utan oro men med en tydligare styrka som gav mersmak.

Emmy började återtagandet eller återseendet med att flanera ner mot havet, passerande det lilla kombinerade café och patisserie där hon och de hon rest med brukat kunna åtnjuta sin lunch och då framförallt deras goda paté. Det var då det, när hon fortfarande tillhörde köttätarna. Emmy tittade in, kunde inte motstå ett besök, beställde café au lait tillsammans med pain riche au fromage. Det var samme herre hon kände igen som ägaren som stod bakom disken och serverade, men han hade slutat hosta. Den alltid närvarande gauloise-cigaretten i mungipan var borta, och varken han eller rummet var fyllt av den stickande röken längre.

Ett framsteg som hette duga tänkte Emmy och gladdes åt den friskhet hon såg, i motsats till sist då hon trott att han skulle hosta upp lungorna närapå. Inte nu inte, hade tydligt tagit sitt förnuft till fånga, ville väl behålla livet.

Det mesta var annars sig likt i Antibes och såklart, inte många år sedan sist så. Emmy njöt av några dagar med havsbris, promenader längs och utmed klipporna, besök i Picassomuseet, ätande pizza på en av restaurangerna vid stranden och igen konstatera att det var de franska, inte italienska, pizzorna som var de godaste. Helt klart.

Solbad och simturer i vågorna, halvslummer i solstolen efterpå, dagarna gick i vilsamhetens tecken. Hon hann ändå skriva lite, och tillbringade ett par kvällar på en discobar vid havet. Ledsagades hem sedan av lanternorna tills neonskyltarna tog vid. Hotellsängen välkomnade.

Emmy mötte inte många som hon språkade med, förutom på hotellet och där hon åt. Inte några svenskar hördes eller syntes till och de franska ungdomarna fanns där men Emmy tog inte kontakt och sände förmodligen signaler om att nej tack jag är gärna själv, eller nåt ditåt. Det som särskilt gladde henne var att det till skillnad mot i Paris, gick att hålla sig för sig själv och ändå ta del av stämningen och till viss del gemenskapen utan att bli »attackerad« av någon slibbig typ som ville annat.

Ett undantag i fråga om samtalande var en ensam ung kvinna som Emmy träffade nere vid stranden en eftermiddag. Hon hade suttit på en solstol och grävt med fötterna i sanden, lite nervöst tänke Emmy och blev nyfiken. Kvinnan tittade ofta på sitt armbandsur och slängde blickar upp mot serveringen. Hon var klädd i shorts och linne, med en sjal svept om axlarna, i skydd mot solen antog Emmy. Emmy närmade sig kvinnan, slog sig ner på en stol bredvid och just då vände hon sig om. Emmy såg ett allvar i de mörka ögonen, men kvinnan släppte fram ett leende och med ens blev ansiktet som helhet också ljusare.

»Ca va?«

Emmy försökte sig på ett samtal. Kvinnan nappade och snart var de i full gång att prata. Hon hette Louise och var student på semester från Paris, väntade på sin pojkvän som var försenad och därav hennes något oroande allvar. Det var inte likt honom och han hade haft ett bekymmersdrag över sig då de skiljdes åt på morgonen, skulle uträtta något sa han men inte mycket mer vilket oroade henne.

Louise kändes tacksam över att ha fått någon att prata med, kunde släppa lite av sin oroliga väntan då och var uppriktigt intresserad av att höra det Emmy kunde berätta om Sverige. De jämförde likheter och skillnader vad gäller studentlivet. Franskan satt inte helt som gjuten för Emmy även om hon var rätt så kunnig nu efter så pass lång tid i landet. Det blev lite blandat med engelska också, vilket Louise gärna ville, för som hon sa var det något hon behövde träna på.

Helt plötsligt stod så den efterlängtade pojkvännen där bredvid Louise som sken upp och drog ner honom på stolen bredvid. Han skrattade och såg alls inte bekymrad ut. Det hade löst sig vad det nu var förstod Emmy av hur samtalet mellan honom och Louise förflöt, även om hon inte uppfattade allt för de pratade så snabbt som fransmän ju ofta gör, särskilt när de talar med varandra. Hon förstod dock att han inte berättat allt, ville vänta vilket Louise fick finna sig i, just då i alla fall. Han presenterade sig för Emmy som Jacques. Han var stilig och solbränd, hade ett fast handslag och ett varmt leende. Det klack till i Emmy och hon vände snabbt bort blicken för att inte avslöja sig.

Ute på havet låg solen starkt mot vattnet, vinden var svag och luften full av skrattande barn och fågelsång. Stranden började bli rätt bra befolkad av gästande sol- och badsugna. Emmy funderade på att kanske ta ett snabbt dopp och sen bege sig. Hon stoppades av Louise som frågade om hon hade lust att äta lunch med henne och Jacques.

Det ville hon gärna, blev glad åt frågan och de strosade iväg mot serveringen tillsammans. Louise och Jacques tätt omslingrade, Emmy några steg bakom. Det gjorde inget, kändes bra att se deras kärlek, trots att ett stänk av egen längtan också fanns med.

Det fanns en liten bistro vid stranden, en bit bort, även i relation till den större restaurangen närmare där de suttit. Det var bättre på bistron enligt Louise och Jacques. Emmy visste ju inte annat så den fick det bli. De hittade ett bord under parasoll vilket var skönt. Ett sällskap lämnade just så det blev bara att slå sig ner.

»Bonne chance!« Louise såg belåten ut och gjorde high five med Jacques. Det var annars fullt om man ville sitta med skugga och det ville de.

Emmy älskade solen men inte för mycket stark sådan och inte rakt i ansiktet under måltider.

De fick vänta en stund på att få lämna beställning, så de hade tid för samspråk och nu fick Emmy igen berätta lite om Sverige, för att också upplysa Jacques. I gengäld invigde han både henne och Louise i det ärende han haft på förmiddagen och som dragit ut på tiden.

Han hade suttit i telefon med Paris och institutionen där han pluggade. Läste juridik och var snart klar. Samtalet handlade om ett erbjudande han hoppats på men inte velat yppa något om innan det var säkert. Han hade velat fortsätta med forskning och i kombination med den kunna undervisa. Det skulle inbringa tillräckligt med lön för att Louise och han skulle ha möjlighet att skaffa sig det boende de längtat efter, bodde än så länge i studentrum på varsitt håll. Louise läste pedagogik inför att söka till lärare och hade nyss börjat så hon kunde inte bidra värst mycket ekonomiskt än på ett tag.

Jacques hade egentligen tänkt vänta tills de var ensamma Louise och han men han kunde inte hålla sig. Louise hade märkt hans återhållna glädje och ställt en rak fråga. Efter svaret blev hon själaglad och rördes till tårar. »Ah mais cést fantastique! Merveilleux!« Hon slängde sig i famnen på Jacques och överöste honom med kyssar. Han blev överväldigad och något paff först men fann sig snabbt och besvarade hennes glädje och ömhet. »Mais oui ma chéri, mais oui!« De blev kvar en stund i yran med Louise i Jacques knä. Emmy kände också glädjen som smittade av sig. Hon njöt av att betrakta deras lycka. Gjorde inget att hon blev lite bortglömd ett tag, gav tid till tankar som föll bra på plats. Louise tittade upp och ursäktade sig till Emmy, som bara skakade på huvudet och skrattade. »Ca fait rien. Je suis heureux pour vous.«

Servitrisen kom precis och tog beställning vilket var ett passande avbrott. Vännerna såg fortsatt väldigt glada ut men kunde återgå till nuet så att säga. De beställde alla sallad, paj och bröd, med mineralvatten till. Det var vad Jacques och Louise brukade ta och rekommenderade till Emmy att prova. Det var verkligen både gott och lagom till lunch en varm dag som denna. Emmy fick under måltiden förklarat för sig mer om deras glädje, bakgrunden och var de tänkt sig att bo. Det var en lägenhet som låg nära bådas institutioner och kändes precis lagom både till storlek och stil. De hade vetat om ett tag att den var ledig, men inte riktigt trott på att de skulle få chansen.

Emmy kände sig väldigt bekväm i deras sällskap och förundrades också över att de så lätt släppt in henne i sin värld och kunnat dela med sig som de gjorde. Handlade det om franska kynnet och kulturen eller var det bara en tillfällighet? Hon visste inte men det spelade ingen roll. De hade en fin eftermiddag tillsammans där de också hann avhandla en del filosofiska spörsmål. Ett gemensamt intresse i existentialismen och därmed en del fransk litteratur framkom snart. Sartres böcker och även Camus diskuterades och Emmy fiskade upp ett tummat och välläst exemplar av »L'existentialisme est un humanisme« ur strandpåsen. Hon hade för säkerhets skull även en svensk översättning med sig i bagaget för att bättre kunna ta del av allt, men den fick stanna hemma på hotellet. Inte för att hon brydde sig om någon såg att hon inte var fullfjädrad i franska språket, nej men för att slippa bära mer än nödvändigt på dagsturerna.

Tillsammans med de nyfunna vännerna bläddrade hon runt på de tummade sidorna och det blev en bra diskussion framförallt om betydelsen av det fria valet och viljan kontra det som inte gick att påverka. Full frihet inom ramarna, och att välja är också ett val, som existentialisten Kierkegaard sagt och både Louise och Jacques såklart kände till.

Innan de skiljdes åt växlade de adresser och telefonnummer. Emmy välkomnade dem att höra av sig om de hade vägarna norröver. De tackade och log varmt till svar, gick sedan hand i hand vidare in mot staden.

*

Sista kvällen var Emmy som vanligt på promenad längs med stranden och njöt till fullo av havets skönhet och den lätta brisen som krusade vattenspegeln, blandad med solens nedåtgående strålar. De försvann snabbt och mörkret vidtog, ett snällt sådant kändes det som och inget som skrämde. Neonljus och lanternor, lyktor i fönstren från barer och caféer hjälpte till att sprida lite vänligt ljus som lättade upp. Kändes lugnt, helt lugnt. Inom sig hade Emmy hittat styrkan och fast mark.

Under vandringen tillbaka till hotellet tänkte Emmy igenom det hon sett och hört under dagar och nätter i Antibes, ja nätter också för hon höll sig ibland länge kvar på stranden, hörde kyrkklockan slå tolv och mer därtill. Det var så skönt att bara sitta där, liksom det var trivsamt att betrakta människorna som flanerade, badade, åt och skrattade. Oavsett tid på dagen var det liv och rörelse, bara ibland sent på kvällen och mot natt var det ensamt där ute vid havet, närapå åtminstone.

Emmy insåg att var hon än befann sig i världen fanns det folk som levde sina liv på sitt sätt, efter sin melodi så gott de kunde. Det ville hon också göra. Mötet med Louise och Jacques hade stärkt henne därvid.

Att resa runt mer, till flera länder, se mer av folk och byggnader, bada i nya sjöar eller hav, kändes inte lockande längre. Nej det var inte vad hon sökte efter eller skulle få den näring hon behövde ifrån. Nej inte alls. Insikten efter tiden i Paris och vistelsen här i Antibes, där så mycket tid hade funnits till reflektion och summering, var den mycket klara att det var relationerna som betydde något. Det viktiga och äkta i livet. Det var dem hon måste hem till.

Hon var glad och kände tacksamhet över allt hon varit med om under resan, både i Paris och här i Antibes. Även om allt inte var enkelt och det krävdes att saker togs tag i även vid hemkomsten, så visste Emmy att det här skulle hon fixa. Hon såg verkligt fram emot en ny höst i Uppsala, längtade efter vännerna och även studierna faktiskt. Kände en tydligare lust att bli klar och komma vidare. Vi blir aldrig helt klara, bygger oss själva hela tiden och det är heller inte att räkna med att det ska vara lugnt alltid, det hade Emmy fattat och kände sig ovanligt normal för ovanlighetens skull. Hon skrattade till när hon tänkte tanken, och det var en varm känsla som följde och fanns där. Det kändes tryggt helt enkelt.

Vad spelade det egentligen för roll hur gator och hus såg ut i stad och land, vad var det att titta på, och vilka museer skulle kunna skänka livskraft och glädje? Knappast var det så. Nej, de äkta värdena låg inte i sådant. De äkta värdena låg i närvaro och gemenskap, kärlek och vänskap hos och mellan de människor som fanns för varandra. Oavsett var.

Med de insikterna somnade Emmy gott i sängen på hotell Terminus i Antibes France, för sannolikt sista gången, och det kändes helt rätt och bra. På bordet bredvid sängen låg dikten hon skrivit efter kvällspromenaden:

Det sårbara sköra javisst
Livet måste ändå levas
fullt ut
Ingen tvekan
Bara tusen möjligheter
Jag känner
ingen anledning till oro
Fast ingen är med mig
vet jag att de finns där,
när jag behöver hålla handen

Drömmen om ljuset och kärlekens färg

När Evelina vaknade visste hon först inte var hon var någonstans. Inte alltför ovanligt att den känslan kom, men den här morgonen var den liksom annorlunda. Det var inte platsen i sig hon funderade över, nej istället mer var i tiden hon fanns så att säga. Hon såg sig om och undrade om det verkligen varit en dröm hon vaknat från, eller kanske något hon mindes att hon läst någon gång. Kunde bara inte minnas när och var i så fall. Hon satte sig upp i sängen och drog upp benen, lutade huvudet mot knäna och försökte erinra sig så mycket som möjligt, för det kändes viktigt.

Evelina mindes efter en stund drömmen allt tydligare. Hon vandrade genom en skog som blev tätare och mörkare för varje steg hon tog. En kylig vind svepte fram mellan träden och hon frös. Plötsligt var det istället helt ljust, var som att ett stort ljusflöde bara rann in över henne och skogen, lyste upp allt i ett mycket vackert skimmer. Det blev med ens också väldigt varmt.

Hon fick anstränga sig att se genom ljuset som var en stark kontrast mot det nyss så mörka. Strax kunde hon dock se bättre och då uppenbarade sig en bergsknalle framför henne. Den var klädd i mossa och ovanpå växte buskar och små träd i väldigt klara färger. En öppning lagom stor för henne drogs hon till som av en osynlig hand och snart var hon inne.

Ett stort upplyst rum där en liten gumma satt på en bädd av mossa och ljung, lutad mot bergsväggen och insvept i en stor sjal uppenbarades. Evelina såg sig om och upptäckte att allt i grottan skiftade i färgerna rött, grönt och gult. Det kändes onaturligt för en grotta och Evelina ställde frågan till gumman:

»Färgerna, vad konstigt, hur kommer det sig…?«

Gumman log och förklarade:

»Rött är kärlekens färg och alltings grund eller innersta kärna. Gult står för tålamodets värme och lugn. Grönt är livet som växer och brer ut sig.«

Evelina förundrade sig och det fanns fler frågor att få svar på.

»Okey, men vad gör du här och varför finns den här grottan med färgerna just här och vad har det för betydelse egentligen?«

»Jag förstår att du undrar och jag ska gärna berätta. Jag finns här för att bevara det äkta och se till att det finns för de som kämpar för att hålla kvar. Och att hitta för de som råkat tappa bort sig.«

Evelina blev inte klokare av det, vilket gumman såg och fortsatte:

»Jag kan berätta mer. Sätt dig här bredvid mig så får du höra och ska nog sen förstå hur det hänger ihop.«

Evelina gjorde som gumman sa. Det var mjukt och lent därinne och kändes lugnt och tryggt, värmen och ljuset gjorde henne sällskap.

»Ända från allra första början, i tidernas begynnelse, har varje litet barn som fötts haft behov av att tas emot av sina föräldrar med öppna armar och fullt av kärlek. Mat, kläder och någonstans att bo är viktiga saker men utan kärlek går det ändå inte bra. Det är samma för alla. Föräldrarna älskar sitt barn som den nya lilla varelsen som kommit, men även som en del av dem själva. Alla är olika och egna personer, men hör ändå alla samman, har del i samma värld med behov av att vara ombrydda och älskade. Det gör ont i vem det än är som blir utanför och ledsen. Utan kärlek kommer rädsla och ilska. Det arga kommer som ett försvar, ett sorts skydd.«

Gumman gjorde en liten paus för att se att lyssnaren var med, fortsatte sedan:

»Om barnet inte möts på det viset. Om det av olika anledningar brister i omsorgen blir det svårt för barnet att känna kärlek och

83

att inte bli ilsket. Det här kan hända men inte med mening. Alla har det inte så lätt och då kan det bli fel.«

Gumman suckade, såg Evelina djupt i ögonen och fortsatte: »Det äkta och fina glöms ofta bort i all strävan som människor har och därför behövs att grottan med ursprunget finnas kvar här för att hittas. Alla är välkomna att hälsa på och det händer då och då att jag får besök.«

Evelina hade lyssnat noga och funderade på vad gumman sagt. Det lät ju klokt och så men hon kände sig inte helt klar i att förstå allt. Gumman fortsatte: »Varje litet barn måste liksom skapa världen på nytt. Upptäcka den, lära sig hur saker och ting är såklart och hur det kan bli, vad man kan göra. Barnet är ensamt i världen och behöver hjälp. Behöver känna och höra att det är älskat och ja det bästa som finns. Varje dag. Den kärleken kommer hjälpa. Om barnet får den kärleken och ses som den egna värdefulla person det är så växer barnet och blir en stark först liten och sen stor person som kan veta, känna och få kraft av den vetskapen och tryggheten. Det kan bära långt, genom det mesta. Även om mörker och svåra stunder också kommer till. Det tar sig barnet igenom. Helst ska det alltid finnas någon eller några att ha med sig som finns där och håller handen så att säga, men barnet kan också om så inte är, om det går bra, lära sig att hålla sig själv i handen.«

Gumman stannade upp och suckade igen. Hennes ögon tårades kunde Evelina se, men det var inte förtvivlans eller sorgens tårar utan snarare att hon var rörd och kände storheten i det som är. Det förstod Evelina och gav gumman en tacksam blick. Berättelsen fortsatte:

»Om de vuxna har för bråttom med att ordna, styra och ställa glömmer de kanske bort hur viktigt det är med kärleken och med svaren på alla frågor barnen har. Om hårda ord och skambeläggande finns med och ännu värre kränkningar av skilda slag blir det extra svårt. Då blir barnen både rädda och arga. Otrygga. De vill gömma sig, stänga till om sitt innersta för att skydda sig.

De kan ta på sig en mask av tuffhet men inom dem finns det lilla rädda barnet. Otrygga barn får svårt att se vad deras barn behöver när de en gång blir föräldrar. Om de inte förstått vad som hänt och varför de är rädda så kan de ha svårt att verkligen se behoven. De kan till och med bli ännu räddare för de påminns om det egna lilla rädda barnet som inte fick det som behövdes en gång för länge sen, som inte fick så stor plats i världen.«

Gumman gjorde en tankepaus innan hon fortsatte.

»Om de vuxna kan se och förstå sitt lilla barn, släppa fram det i ljuset och låta alla känslor komma, skulle de kunna hitta sin styrka. Då skulle den äkta varma kärleken få större plats och chans.«

Gumman tystnade igen, sträckte sig efter ett lerkrus och två glas, hällde upp åt både Evelina och sig själv.

»Varsågod, det behövs lite vätska efter så mycket prat.«

Hon skrattade och drack ljudligt. Evelina drack också hon. Det var en varm dryck med stark smak av honung och mjölk.

»Uum vad gott, tack.« Evelina hade aldrig druckit något liknande men det kändes både gott och välgörande.

Gumman tog åter till orda, hade en sak till att säga:

»Grottan ska egentligen så att säga finnas i varje barn, som ska kunna känna och säga att 'Jag är jag och jag är bra', känna sig trygg med det. Trygga barn gör gott och de värnar både varandra, sig själva och moder jord. De som tappar bort sig kan behöva hjälp att hitta hit och tillbaka.«

Evelina förstod att det var allt som behövde sägas och skulle komma från gumman. Hon tackade och reste sig.

Innan hon stigit ut genom grottöppningen hade hon vaknat. Allt detta mindes Evelina. Det var en fin dröm och den kändes starkt levande. Det var väl därför hon först tänkt att det kanske var något hon läst någonstans. Nu insåg hon tydligt att så var det inte. Det var en dröm men en ovanlig sådan. Budskapet var så vackert och sant, stort och viktigt.

Evelina ville att fler, ja alla egentligen, skulle få veta. Det var ett budskap hon ville förmedla till så många som möjligt. Det fanns inte nerskrivet någonstans såvitt hon visste, inte i den här formen i alla fall men det var så enkelt och självklart så därför borde det finnas.

Hon skulle berätta det här som en saga. En saga att leva efter. Tyckte på ett sätt att det påminde om »Den lille prinsen« av Antoine de Saint-Exupéry. En fantastisk berättelse och det här kanske kunde bli något liknande, en annan variant och kanske något mer lättillgänglig trodde hon. Den skulle passa fint att läsa i skolan för barnen. Sagt och gjort, hon tog penna och papper och började skriva. Gjorde om den, blev ingen dröm utan en berättelse om ett par barn på vandring i skogen som fann grottan.

Evelina började sin första tjänst som lärare på en låg- och mellanstadieskola efter helgen. Där skulle sagan få sin debut, så fick hon se sen vart det bar hän. Hon avslutade sagen med en liten dikt såhär:

Vi vill fångas upp av ljuset
och speglas i en moders värme
Väntan på att födas åter
till en tid av varsamhet

Letar inte mer i mörker
öppen mot en morgon går vi

Vadar fram i solvarm sand

Allt har sin tid

Tiden i scouterna blev mångårig. Evy trivdes med lärdomen och äventyren. Hajkerna och lägren, bygga vindskydd, göra upp eld och lära sig första hjälpen. Livet i naturen handlade det mycket om. Det var gott och passade Evy bra, hade alltid tyckt om att vandra i skog och mark, med fjällen som bästa platsen. Där fanns en liten stuga att krypa in i, med fönster mot bäckarnas porlande. Efter scouterna som hon släppte sen, litegrann på randen mellan barn och vuxen, blev det annat som tog mer plats. Lekar i skogen med killkompisar hemmavid förbyttes vid den tiden i tonårsprassel kan man säga. Konfirmationen bidrog en del till fokusbytet också. En inbjudan till Kyrkans Ungdom blev början på något nytt. Evy fann en gemenskap med de rätt blandade personligheterna hon lärde känna. Inte värst religiösa egentligen och väl inte hon heller men här var de välkomna ändå. Själv visste Evy inte riktigt vad hon skulle tro, kändes bra på ett sätt att ha en tro men ändå… Rätt konstigt var det med talet om att Jesus dog på korset för allas syndares skull. Hon fattade inte det, kunde heller inte med att Abraham skulle offra sin son för att visa att han var lydig och uppfyllde Guds önskan.

Ungdomarna ja, var lite vilsna och slitna, kanske därför de samlats här. Evy visste inte men kände att hon och de andra på något sätt hörde ihop. Många var kvällarna de samlades i källarlokalen och spelade kort, diggade musik och snackade.

Helgresorna till bygdegården några mil bort var en höjdare, där ungdomsledaren tidigt gick till sängs och det vilda livet tog sin början på övervåningen. Evy liksom de andra både rökte och drack, gick lätt att köpa tobak och ölen fixades av andra. Inget behövde saknas för en fulländad fest. Pingisspel, poker och en del hångel, blandat med torkade spyor för vissa. Att ledaren inget märkte var dock en sann gåta, inte ens när en del av gänget var så dåliga nästa dag att de inte orkade med den obligatoriska timmen med bibelstudium som ingick.

Evy liksom Mia tillhörde även de utvalda, som fick vara med och hjälpa till med juniorerna, även gå ett par kurser och gavs ansvar hon gjorde sitt bästa att leva upp till. Hon och Mia som var ett sammansvetsat kompispar sedan några år tillbaka.

Kompisar som ibland kallade sig tvillingar. De hade genomlevt tiden i stadens första kvinnliga fotbollslag, och tillsammans debuterat som piprökare. De tog även gemensamt sina första steg i drickandets värld, genom att halsa en halv vinare nere på den sunkiga toaletten vid busstorget. Det var också med Mia hon begav sig till Parken den kvällen där Sven-Ingvars spelade. De var Evys favoriter sedan tidig barndom och nu fick hon chansen och tog den. Utan att tveka krängde hon sig upp på scenen, gick fram till Sven-Erik Magnusson och gav honom en puss rätt på munnen, vände sen raskt om, vinkade glatt till sin förbluffade och gapskrattande kompis, hoppade ner och försvann i publikhavet. Det var en grej hon skulle leva länge på. Att hon vågat. Hon som annars var av den blyga sorten.

*

Vad som hände, vad det var som fick Evy att lämna ja faktiskt också ta avstånd från kyrkan och ledarna där, minns hon inte riktigt. Kändes bara fel. Hyckleri var ett ord som kom för henne. Tyckte väl att de om några skulle leva bättre, följa det som de predikade, mer än vad hon såg att de gjorde. Plus att hon bara inte kunde förlika sig med visst som skulle tros på. Ingen bra förklaring fick hon heller. Det avgörande var kanske ändå mötet med pojkvännen. Han kom ner en kväll till lokalen, och var av en helt annan sort det kände hon direkt. Han hade huvudet med sig på annat sätt och han utstrålade en dragningskraft hon drabbades av kan man säga. Med honom kom bridge, frihetlig socialism och mycket filosofi att bli följeslagare på resan. Evy gjorde sitt bästa att leva upp till den intellektuella standard han lyste med, fast det var svårt ibland. Hon kände sig inte alls på banan hela tiden och var av den osäkra sorten också. Han lyfte henne på månget vis och hon även honom har hon förstått senare om inte då. För han var också sådan, fast det inte syntes.

De gjorde några resor tillsammans, både inom och utom landet, förutom djupdykandet i diverse litteratur och diskussioner under rökiga timmar. Första kärleken kan man säga att det blev. Höll inte hela vägen. Olikheterna för stora, där Evy var betydligt mer av en romantiker och längtade efter annat som han inte kändes vid. Vänner förblev de och kontakten bröts aldrig helt. På något sätt var det en äkthet i det hela som fanns kvar genom åren, vissa tider dold men gick att hitta fram till igen. En mening lär hon aldrig glömma. Att:»Gatstenarna i Paris är nog likadana som hemma så lyft blicken.« Ja hon gick ofta med böjt huvud. Det skulle komma att ändra sig.

*

Det fanns en tid av ensamhet som följde på tvåsamhet. Det fanns en tid av plugg och nationshäng, glada fester och mycket funderande dessemellan. En grubblare i själ och hjärta. Hoppfull om än i tvekan. Längtan efter och tron på den sanna kärleken. Sökandet. Finnandet. Förlorandet. Vart bär det hän härnäst?

Allt har sin tid och nästa anhalt blev en tydlig växtkraft. Tog ett tag och en hel del försök, innan hon landade på berget för att leta efter solen som aldrig går ner. En önskan hon närt och drömt om. Hon såg den inte och allt blev inte som hon tänkt och hoppats. Det gjorde inget.

*

Det påbörjades en ny resa, med nya steg. Förunderliga ögonblick och stunder av sann lycka. Det togs avstamp i de i mångt och mycket underbara åren. De som följde och för alltid bärs med ömhet och förundran i hjärtat. Med småbarnshänder i sina att föra framåt. Skolbarn sedan att följa, tonåringar att stötta och försöka förstå sig på samt behålla en god relation till. Trots behovet av gränser för att skydda tills de tog stegen själva. Banden starka, omöjliga att bryta. Det förunderliga att ha fått bära fram och finnas där, fortsatt också, det finns kvar, ska alltid förbli. Oavsett vad fanns allt kvar.

Annat tog slut. Det hade haft sin tid. Vuxenrelationer inte lika självklara, kärleken ofta inte lika evig. Inte den starka som höll kvar. Viktigt fanns ändå, vänskap kunde ta vid och förhoppningsvis hålla. Ett sorts avslut syntes i detta:

Jag ville du vore den bästa vän
tillika den tryggaste famn

Jag ville du kunde slå följe
på vandringen som når fram

Jag ville du skulle att älska
för allt jag har varit och är

Jag ville du vågade steget
och höll stadigt i handen här

Jag ville du släppte taget
om kraven jag inte ger

Jag ville du gick här tillsammans
med mig precis som jag är

Jag ville och önskade
av hela min kraft,
kunde drömma om att det blev
men slutet var självklart till sist

Det var då barnen var små

Efter att ha skjutsat sonen med familj till tåget och vinkat av, sen röjt lite sparsamt i lägenheten, med disk och sopor, for Maja till havet.

Kunde inte med att ta tag i allt och riva upp boendet den lilla familjen haft under vistelsen. Kändes inte bra, ville som ha det kvar. Gick ju inte egentligen. Så hon tog bilen och rullade iväg de 10 milen till skärgårdsstugan. Det gick snabbt att bära upp det lilla hon tagit med, öppnade kranarna och satte på varmvattenberedaren, sen en rask promenad ner till havsviken.

Solen skymdes inte ännu av träden, stod strax ovanför randen och kastade färgglada speglingar över vattnet. Maja ställde sig längst ut på bryggan och insöp dofterna, vinden, fågellivet, ja hela skärgårdsöns behagfullhet och harmoni. Det var gott.

Här var det barnens sommarlov tagit sin början, även ofta mitten och slutet. Höstlov, vinterlov, påskar och helger då och då. Sprängfyllt av minnen, av upplevelser, av äkta värden.

Abborrmete vid bryggan, kojbygge, lek med kottar och vattenspridarens dusch. Pilkastning och krocket, badutflykter med matsäck och glass sen på det hela. Dagsturerna till Norrtälje med shopping och pizzalunch.

Vårskrik och vattenbärning. Midsommarljuset och höststormarna, kvällsbad i augusti nästan badkarsvarma vatten… Mycket mer därtill, väldigt mycket mer. Underbart var ett ord som inte räckte. Ljuvligt och det var verkligt, på alla sätt och vis. Inte bara här utan vardagen hemmavid också.

Ja Maja var helt enkelt en sådan sort som älskade att ha barnen omkring sig och göra saker med dem, även att se dem knyta vänskapsband, delta i sporter, leka Burken går eller Röda vita rosen i området med de andra barnen. Att se dem komma hem rödkindade och glada efter en dag full av äventyr. Äta nattmat, läsa saga och ha en pratstund vid sängkanten. Att valla in dem på kvällen brukade hon tänka, veta var de fanns och att de var trygga. Hon hade skött sitt och de låg omstoppade och sov i sina sängar, de älskade barnen. En mamma helt enkelt. Det var vad hon satte högst. Det var livet på en pinne det, för Maja.

Nu var hon ensam och det kändes. Skilsmässan från barnens pappa var ett gemensamt beslut och inget hon ångrar. Trist att det inte höll, ett misslyckande hon velat vara utan men inget hon kunde göra något åt. Hade kämpat länge och väl, för barnens skull och för att hon trodde på möjligheter och hade som devis att det alltid är för tidigt att ge upp. Nu blev det ändå så.

Sig själv att skylla och det är så det är. Tiden går och inget står still. De val du gör får konsekvenser och sen är det bara att gilla läget. Eller?

Maja funderade. Visste inte vad hon skulle göra med sitt liv, med sig själv. När nu barnen var stora och hade sitt eget, mannen var skild ifrån och separerad, hade hon inget kändes det som ibland. Ändå en skön känsla att kunna rå sig själv. Bestämma vad och när hon skulle äta, kunna vara ensam i dagar om så vore, eller ringa vänner och ses varenda dag. Hade egna beslut när hon var själv.

Det var en frihet hon uppskattade och mindes hur det var första kvällen i nya lägenheten. Hon ville inte gå och lägga sig för det var så härligt att ha sin egen ordning och slippa irritera sig på andras. Gick runt och njöt av stillheten och lugnet, tills hon längtansfullt när det blev dags, kröp ner mellan svala lakan och somnade bums.

Det fanns mängder av möjligheter om hon ville något annat. Senare. Nöjd för det mesta men just idag kändes det tomt och då kom tankar om att hon var fast. Instängd i sin ensamhet och borde göra något åt det. Hon ruskade på sig, ville inte känna och tänka så.

Sakta vände hon om upp mot huset. Tände i spisen och slog sig ner i fåtöljen med sin tekopp och några hårda ostmackor. En serie på Netflix sedan tills sömnen gjorde sig påmind.

*

Bakom fördragna gardiner trängde sig solstrålarna ändå in och det väckte henne. Varmt var det i rummet, som fick gälla för både vardags- och sovrum numer. Bäddsoffan var skön och lätt att bädda ut och ihop. Hon slapp då också byta hus, hade annars brukat sova i friggeboden på gården. Sovrum fanns det ju också i huset, men det bar på något sätt emot. Hon ville vara som ombonad i bara den ena delen, där matplats och köksregionen också tog plats. Kändes bäst så helt enkelt. Var väl en sån sort. Boa in sig var viktigt.

Maja sträckte på sig och drog täcket om sig lite till. Ville inte riktigt stiga upp ännu, var gott att morna sig en stund. Natten hade varit skönt drömlös kände hon först och det var länge sedan. Plötsligt kom där istället ett minne från natten. En sommaräng och ljumma fläktar vispade förbi där hon låg utsträckt i gräset på en filt, tillsammans med någon hon inte kunde placera vilket störde något men släppte snart. Det var ett positivt minne, harmonisk stämning och spela roll vem det var där – var ju i alla fall bara en dröm. Piggade upp ändå och snart var Maja på benen och i färd med att göra frukost.

Julivärmen slog emot med öppen famn då hon stegade ut på altanen med frukostbrickan. Fågelsång och ljumma vindar höll henne sällskap. Hon började inte direkt att äta, lät teet svalna och smörgåsarna vänta. Det kändes bara så trivsamt och fint. Att sitta där. Titta på träden och känna hur härligt det var ändå. Livet.

Tänkte där hon satt på hur tokigt hon grubblat igår. Onödigt. Fast inte alls ovanligt vid avsked. Kände sig som mest ensam då så var det ju. En naturlig känsla som kom och gick. Det var kontrasten som gjorde det. Idag kändes det annorlunda. Det finns ju så mycket att göra och ta vara på tänkte hon. Bara att bestämma mig. Har beslut och ansvar i egna händer. En skön frihet faktiskt. Och barnen är bara ett telefonsamtal bort så. Minnena finns dessutom kvar och livet går vidare... En tanke och känsla hon brukade bära med sig och mådde bra av. Hon log för sig själv och kände tillförsikt. Nu var det dags att hugga in på dagens första måltid. Det var med välbehag hon avnjöt den. Tog sen badkassen och vägen ner mot badbryggan. Ett förmiddagsdopp skulle vara pricken över i:et idag det kände hon.

*

Lite senare vid eftermiddagsteet som avnjöts i halvsol på verandan framför friggeboden, kom papper och penna fram och gav det här:

Vingslag av oro blåser bort
i havsbandets stilla brus där soldis ännu råder
Sanden värmer
smeker lent den nakna huden
Inget fastnar
inget kvar av ängslan
Sköljs fridfullt bort att blandas
med havets saft som livets vatten
där allt flyter

Det är väl bara att låta bli att blunda

Ebba tittade upp mot molnen som i rasande tempo flög fram över himlen. Det var inte storm men närapå ändå tänkte hon och drog jackan tätare omkring sig, dragkedjan ända upp mot halsen och huvan på, som genast blåste av så hon fick knyta banden under hakan för att lyckas få den på plats. Nu så, kändes bättre. Fast inte bra, kunde det inte.

Nej det var länge sen nu. Syntes ingen ljusning heller, inte i hennes värld. Där tiden stod still och hjärnan ett vacuum kändes det som. Den gick på halvfart, i slowmotion ungefär. Ända sedan beskedet hade hon känt så, från och till.

Där hon stod nu vid havsbandet med vinden piskandes mot kroppen mindes hon hur hon tänkt som barn. Att hon skulle vägra dö. Det var väl bara att låta bli att blunda, så somnade hon inte. De vuxna hade talat om det just i termer av att somna in. Hon hade tänkt att nej men det var väl bara att låta bli att blunda då. Helt enkelt. Hon skulle inte blunda, kanske klara sig då, ja borde väl, hade hon tänkt. Då när hon var liten. Hade hon tänkt och känt sig trygg med. Hittat en lösning liksom. Med barnets tvärsäkra logik hade det känts hur naturligt som helst. Hon smålog åt minnet, kände samtidigt gråten i halsen.

Uppe i huset låg hennes svårt sjuka mamma som hon och brodern kört hit ut för att möjliggöra att modern ännu en gång skulle få uppleva skärgården och sin älskade stuga. Där hon tillbringat så många dagar och nätter och där hon helst ville vara. Växtfärga, måla, sticka, ta promenader med hunden och småprata med de andra skärgårdsgästerna samt några bofasta även. Nu var hon trött. För trött ens för promenaden ner till havet. I morgon kanske skulle hon orka, sa hon. Vila sig lite först bara. Sen så. Det hade varit en kamp att alls få med henne. Hon ville men tänkte det fanns tid, kan bli en annan gång. Det trodde inte syskonen. Storasyster väntade, skulle lösa av efter helgen.

Om det nu bara kunde lugna sig, och solen visa upp sin värmande sida i morgon tänkte Ebba där hon stod huttrandes med skummet yrandes runtom. Fick med ens avsmak för allt. Vad skulle hon hit ner att göra? För att känna att jag lever antar jag. Än så länge…

Moderns sjukdom hade osökt fått henne att tänka på sin egen död. Otänkbara tankar. Men ändå. Ebba slogs igen av tankarna hon haft som barn då det talades om döden. Starkt och bra egentligen tänkte hon nu. Att vägra ge upp. Visste alltför väl att det inte hjälpte, hjälpte inte modern när det gått såpass långt. Hjälpte inte ens att låta bli att blunda. Hjälpte inte längre.

Ebba vände och började sakta gå upp för backen och mot stugan igen. Kändes tungt och trögt, benen drog sig som bakåt istället eller det var väl bara en känsla. Härnere kunde hon ändå hålla lite avstånd mot det svåra. Att se sjukdomen i ansiktet så utpräglat som det var och speglades i hennes mammas såväl blick som anletsdrag i övrigt, var en sann pina. Ändå stod hon emot för det mesta. Lät inte gråten komma. Inget medvetet var det men som en mur mot vissa känslor konstigt nog. Det hade brukat vara så. Hon stängde, ramade in och fick ett tillfälligt skydd. Tids nog skulle murarna rämna. Det fick hon ta då. Sen, inte nu. Måste orka.

*

Modern satt insvept i ett par filtar på verandan. Log välkomnande mot Ebba och höjde sakta ena handen i en vinkning, något som fick till följd att en av filtarna halkade ner och blottade den rosafärgade tröjan hon numer hade för vana att varje dag sätta på sig. Härute såklart kunde det behövas i snålblåsten men hon hade den även inomhus, där hon ju mest höll till. Orkade inte ens gå ut med hunden, nej de turades om de som fanns i närheten. Nu låg den svartvita bordercollien stilla vid sidan om, lyfte på huvudet när Ebba närmade sig, viftade glatt mot henne.

Hjälplöst blev modern sittandes, orkade inte riktigt ta tag i filten och ordna till den, men sonen som stått bredvid, med ett sorgset uttryck i de allt som oftast annars gladlynta ögonen, var snabb i att nogsamt stoppa om sin mamma igen.

Ebba log tillbaka och gav modern en lätt smekning på kinden, satte sig bredvid och berättade om havet. Som modern inte själv ju kunnat se men ville höra om. Detaljerat och så målande hon kunde berättade Ebba om promenaden, båtarna, vilka som var ilagda redan, havets vågor och vilka fåglar som hörts och synts. Någon människa hade hon inte mött, vilket ju var rätt skönt tänkte Ebba, så slapp hon komma in på bedrövelsen och behöva ta emot och besvara några medlidsamma frågor. Det var ju bara april och inte så många som ville ge sig ut hit innan vårsolen strålade lite mer än denna helg. Ebba och Johannes hade dock inte haft så mycket att välja på. Det var nu eller aldrig kändes det som, ville inte vänta till Valborg då de ofta brukade vara härute. Nej modern upplevdes alltför svag.

Bara det kunde bli lite sol tills i morgon. Det behövdes verkligen mer av sol och värme nu. Ebba kastade suktande blickar mot skyn, där det än så länge inte skymtade någon ljusning.

*

Det blev sol. Inte mycket eller länge men tillräckligt för att de, ordentligt påpälsade visserligen men ändå, kunde inta frukosten på verandan och njuta av i alla fall lite vårvärme. Brodern hade i vanlig ordning dukat upp stort. Fil med frukt, nötter och russin, därtill äggmackor och kaffe. Ebba tog bara te och smörgås. Modern endast te, med honung. En liten brödbit satt hon med men tog bara en tugga, lät den sen vara. Hade ingen aptit längre, men ville gärna ha sitt te i alla fall.

De hade placerat modern så att hon fick mest sol på sig, fast inte rätt på utan från sidan. Strålarna förgyllde hennes kind och gav hennes blick en plötslig styrka syntes det som. Det var fint att se och även att hon log och var nöjd. Med sin trogna hund bredvid sig, nosen och framtassarna mot fötterna, som för att ge en kram tänkte Ebba.

»Tack för att ni tog med mig ut hit.« Modern gav sina båda barn tacksamma blickar.

»Det känns bra. Med solen idag också. Det är ju så vackert här. Nu får jag med mig lite av luften och stämningen med hem. Orkar nog lite längre tack vare det.«

»Det tror jag också mamma.« Ebba kämpade fram ett leende och tog och kramade sin mammas axel, strök hennes hår och lät sen handen glida längs med sidan och ända ner till hunden som gav den några slickar innan hon la sig tillrätta med huvudet ännu längre upp på sin matte.

*

Lite senare, när kvällsskymningen låg tät men en strimma av ljus från verandalyktan ändå gav möjlighet till att sitta ute med skrivdon och försöka formulera något, skrev Ebba:

Under allt skymmer tårar
den dolda sanningen hon inte får fatt
bara nuddar
I synen det skyddslösa
barnet
där ljuset borde finnas
Där någon säger
torka tårarna

men inga
tårar
finns kvar
att torka

Några dagar senare var det över. Fast hon inte blundat. Varken
modern eller Ebba.

Brännhett

Kvinnan som satt bredvid henne i bilen fattade ingenting. Skarpsinnig, analytisk och effektiv hade det stått, också att hon stod upp för sin personal. Det första okey, sista nära på noll. Ett svidande misstag att anställa henne. Det hade sett bra ut till en början, hon förstod att saker behövde hända, vågade ta tag i och säga ifrån. Fatta beslut som behövdes. Snart märktes det mer och mer. Kallhamrad och cynisk. Förstod intet att ta ansvar för det som verkligen betydde något. Hade ingen aning om hur uttrycka sig eller bemöta när det verkligen gällde. Närma sig ett barn som agerade ut. Vara rädd om sin personal. Formulera sig till en anställd i kris. Svara upp på Lilly som var nära brinna ut...

*

Det hade såklart pågått länge. Branden i bröstet. Kommit och gått. Det svåra var att det just nu som bäst verkligen behövdes att slippa brinna ut helt. Det kändes nära och nåt måste göras. Behövde komma bort. Samtidigt finnas kvar och skydda. Inte bara tänka på sig själv. Nej just det och så hade det alltid varit. Se efter, passa in. För att finnas till. Varför undrade hon många gånger och hade lite olika svar. Det starkaste och svåraste av svaren, var det som sa att det var först då hon kunde bli älskad. Hon hade förstått först långt senare, att det inte var så.

Det fanns oaser av ljus också. En värme som kunde hjälpa till

att upprätthålla känsla och hopp om att det kanske ordnar sig ändå. Kanske går det, duger det att bara vara den hon var och är... Det ljuset tog hon vara på och bar med sig, som en sorts livboj och tacksamheten var stor när hon tänkte tillbaka. Det mörka behövde inte märkas lika starkt när ljuset kom. Hon visste och kände att det gick bra, att hon dög. Hon fick vara den hon var. Hon hade kämpat och tagit sig fram. Drömde sig bort ibland, ofta spelande roller, ville vara någon annan, en stark och mäktig. Mig kan ni minsann inte rå på, jag slåss för livet jag typ... Slog sig fri på riktigt en gång. En ilska som släpptes loss och rak höger välplacerad. Ge fan i mig typ. Och det hjälpte. Sprang för livet, kramade träden. Gömd för världen. I sitt lilla bo...
Kämpade på barrikaderna och låtsades modig. Dövad med tobak och alkohol och retorik om den fria världen. Rebell med goda avsikter. Visade sig stark, oslagbar och säker. Innerst inne ett sårat barn. Stirrade mot gatan. Istället för att se upp och lapa solens värmande strålar, insupa vinden och lyssna på fåglarna. Som hon egentligen ville och fixade ibland. Det kom och gick som sagt.

Skräcken mer påtaglig ibland, i drömmen liksom i verkligheten. Visste inte varför men katastrofer hade ofta lurat i skymundan och fasan för att mista det mest dyrbara fanns nära inpå. Det som inte fick hända. Som slet isär. Brännhett som inte fann svalka. I drömmen levde hon vidare. Det hade inte hänt. Fick inte hända, trodde inte på det.
Ett annat scenario, längre tillbaka. Skrattet som ekade, hånet, grinet. Hon mindes det såväl och kunde inte gömma sig. Ville sparka och slå. Gjorde det också. På döda ting bara men ändå. Värkte i handen och brände i bröstet. Tårar hjälpte en smula. En hand en kram betydligt mer. Han fanns där, höll i och höll ut och det lenade. Trygghet började växa.
Tills det som inte fick hända hände också här. Marken brakade, hålet öppnade sig. Hon föll. Djupt. Dog en smula. Ofattbart, osmältbart, fruktansvärt och omöjligt. Stelnad, som orör-

lig. Ändå stod hon där, öppnade dörren, tog bussen, klev in. Fasansfull känsla fick stängas av. Domnad ganska länge. Sökte glädje och pånyttfödelse. Fanns bara brunnen. Bottnen där hon hamnat och tänkte ha sig själv att skylla. Tills det blev en botten att ställa sig upp på. Det gjorde hon. Hade alltid gjort. Det ordnade sig. Det fanns trappsteg, järnstänger att hålla tag i och klättra på. Vissa mer hållbara än andra men det räckte. Snavade ibland och drogs nedåt men ruskade av sig dammet och fortsatte. Ljuset från solen däruppe var alltför varmt och välkomnande och hon visste att det räckte att vara bara människa och göra så gott det gick. Lärt sig också, att det fanns de som var beredda och skulle hålla henne i handen. Att just hon var värdefull och de fanns där oavsett. Också att livet och det dyrbara alltid var värt att kämpa för. Att vägra ge upp. Vägra leva på knä. Trodde därför det var över. Inte skulle behöva brännas mer.

Det som hänt nu och vad den här kvinnan gjort, fick elden att börja igen. Det gick bara inte, kunde inte fortsätta. Här kunde hon absolut inte jobba kvar. Det var just vad hon bestämt sig för nu.

Den brännheta känslan i bröstet som sved där hon satt bredvid kvinnan som symboliserade så mycket vidrigt nedrigt oempatiskt och som gjorde illa det som var dyrbarast. Henne reste hon sig resolut ifrån och gick iväg. Nog nu, absolut nog. Kände stor lättnad mitt i tårarna.

*

Hemma i stugan efter bilfärden i regnet där vindrutetorkarna jobbat hårt och på nåt sätt sköljt bort både regnvatten och tårvätskan mitt i alltihop, där sjönk hon ner i favoritfåtöljen. Tände en brasa och skiftade mellan att se in i elden och ut på träden. Livet fanns i båda, och snart skulle solen gå upp till ännu en dag att leva i och för. Lilly tog fram den välanvända skrivboken, bläddrade fram till ett nytt blad och skrev:

Träden, solen, vinden, vattnet
Det levande hoppet
Känslan som bär och kommer klara allt
För nu har jag än en gång
ställt mig på barrikaderna fast på ett bättre sätt
Ont gör det förvisso ännu men
solen kommer torka alla tårar...

Hon la skrivboken åt sidan och slöt ögonen. En stunds vila i det som var kvar av natten. Sen skulle ljuset fylla både rummet och henne. Då bleve det dags att öppna dörren och välkomna allt det nya.

Inte Döda Havet

Linda står och stirrar tomt framför sig. Undrar varför hon är här. Står vid stranden till Svarta Havet, i Bulgarien. Dit hon åkt för att komma bort, och försöka hitta hem. Hon hade först tänkt att Döda Havet dit ska jag åka men sen kommit på att nej det skulle hon inte. Absolut inte. Inte till Israel. För mycket blandade känslor om det landet och vad som hänt och hände där för att det skulle funka. Förbjudna tankar för många men för Linda handlade det om rättvisa och människovärde. Ett övergrepp rättfärdigade inte ett annat, särskilt inte mot oskyldiga. Det som hände det judiska folket var med all rätt förfärligt, ohyggligt rent utav. Det rättfärdigade för den skull inte allt som skedde mot palestinierna nu. Varför kunde de inte leva i fred tillsammans bara? Linda var kanske naiv men tänkte att alla människor borde kunna få leva trygga och fria. Ingen hade rätt att gå över gränsen och trampa på någon annan, oavsett nationalitet, kön, ålder, religion eller annat skäl. Det var komplicerat absolut, men kändes inte bra att åka dit nu. För oharmoniskt och tragiskt på flera sätt och det var inte vad hon ville ha eller behövde. Hon tänkte ibland på sin judiske vän och förstod även honom och hans familj och vad de kände för landet Israel. Han var ändå också stark nog att kunna ge den andra sidan rätt till sitt. Så var det nog många som tänkte och ville. Komplicerat i alla fall som sagt och Linda kunde nu inte ta tag i det, ville inte ens se hur det såg ut där. Nej hon sökte friden, varhelst den fanns att finna...

Synd ändå att Döda Havet ligger där det ligger... Hade passat så bra... dö och återuppstå kanske... Nu stod hon istället här och stirrade ut på det svarta. Passade också rätt bra. Det svarta, som svart hål att gömma sig i? Nej inte alls. Det var hon bestämd på. Inte gömma sig men kanske hitta något nytt. Svart var ju ingen färg och färg var vad hon behövde hitta, rätt färg att måla vidare med.

*

Linda hade promenerat från hotellet en bit bort. Hotellet som hon medvetet valt just för att det var litet och inte låg i anslutning till de stora turiststråken. Hon kände sig något vilsen och ensam. Föräldralös som hon var. Men bevare mig väl, hade passerat 60 ju får väl skärpa till mig... Inte för att hon behövde en förälder. Nej inte alls. Känslan bara, när de var borta, var som att säkerhetslinan plötsligt försvunnit. Hon kände sig mer »Ensam i Världen« än någonsin. Inte för att föräldrarna varit särskilt livlineaktiva eller så, men föräldrar ska ju ändå stå för den ovillkorliga kärleken, de och endast de... Nu finns de inte mer... även om kärleken inte alltid varit så ovillkorlig... Eller var det hemskt att tänka på det viset? Oavsett hur de klarat att visa sin kärlek, så hade den funnits där och hon hade kunnat vara nummer ett så att säga. Det var hon inte längre, aldrig mer.

Barnen då? De finns där och är underbara men har inget ansvar. Inte barnen. De har inte bett om att bli födda. Det är upp till föräldrarna att ge dem allt de kan, och lite till helst... Älska dem och ge dem, skicka dem ut i världen sen, och hoppas allt går bra. Fortsatt finnas där beredda att rycka ut. Det bara är så, måste vara. Barnen var fria att själv välja sina liv och i vad mån de skulle finnas sen för sina föräldrar. Det var i alla fall vad Linda tänkte.

Mannen då, som hon levt med nästan halva sitt liv, mer eller mindre om än en hel del på olika håll i olika bostäder, varandes separerade ibland särbos nu bara vänner? Vad nu det kan betyda... Nej det var ingen möjlighet längre... we are so not made to be... sorgesamt nog... Irritationer, frustrationer, smågräl och utbrott... suck. En kollaps...bottnande i besvikelsen för det som inte blev, för tillkortakommanden och att ingen av oss kunde ge det som behövdes.

Linda stirrade stint ner i det svarta, kände dofterna av det som är hav och fick en del vågstänk till sig av vinden som ökat på. Såg sin spegelbild och oron i de vidöppna ögonen. Strecken också. Åldern.

Jag ser förskräcklig ut, hann hon tänka innan en våg satte stopp. Hon stirrade ner i det nu tomma svarta och slogs av att den tomheten var just vad hon själv nu kände hon var en del av. Det skrämde lite. Fattade heller inte hur det kom sig. Varför står jag här och stirrar, lyssnar på dumma tankar som blir till en tjock jacka med kvävande åtsnörning, när jag borde känna frid, frihet och tacksamhet mot livet och det som finns? Vadå tomhet, nu får jag skärpa mig. Hon kände strängheten i sin tanke men den behövdes. Dumheter bara, dumma nonsenstankar som försöker tränga sig på när hon känner sig sårbar. De ville hon absolut inte ha.

Vad hade hennes liv gått ut på, bestått i och vad var hon nu? De tankarna var okey och kunde föda nåt bra och extra för det nya kapitel som nu stod till buds. Har varit för snäll, försökt vara alla till lags det minns hon och fått berättat för sig. För rätten att finnas till, för att det skulle så vara, hennes ansvar, eller vad? För kärleks skull, att förtjäna den?

Kärlek hade funnits såklart, både i barndomen och sen. Olika sorters. Mycket hade varit riktigt bra och fanns kvar. Annat hade inte hållit, kommit irritation och frustration som störde. Det förflutna blandat med nuets besvikelse där det inte blev som hopp och förväntan ville. I kombination med att vara människa som kämpade som alla andra med sitt, det medfödda likaväl som det formade. Hon hade inte alltid heller lyckats vara den snälla rara mamma hon velat och i stort sett krävde av sig att vara. Inte den snälla personen för övrigt heller alla gånger. Hade gjort så gott hon kunnat ändå brukade hon tänka. Så gott hon kunnat... Och nu stod hon här...

Linda stirrade igen ner i djupet, slöt sen ögonen mot det svarta och vaknade som till. Hon skakade plötsligt av sig olusten, tillsammans även med stelheten vilken infunnit sig av att ha stått där en bra stund helt stilla, sånär förutom de smårörelser som väl alltid är för handen, men inte märkbara nog att räknas. Hon såg sig omkring, fanns ingen annan härnere och det började blåsa på. Hon suckade och drog efter andan. Här kan jag inte stå sa hon tyst för sig själv. Vände sakta bort blicken och började med bestämda steg traska vägen upp från stranden.

*

Tillbaka på hotellrummet. Lagom stort och till full belåtenhet. Inget att klaga på. Förutom kanske heltäckningsmattan då, som visserligen var mjuk och skön att gå på men gav det hela ett något ofräscht intryck. Svårstädat och vem vet vad som hänt och gömmer sig i mattfibrerna, hade hon först tänkt men rätt snabbt ändå befriat sig från slika tankar.

Sängen var egentligen menad för två men gav henne desto mer plats och den var helt okey att sova i, med ett täcke mjukt som silke fast tillräckligt varmt. Det var ju ändå sommar dessutom. En fåtölj med ett litet runt bord vid sidan av, ett par garderober, en TV på väggen. Hallen hade dörr in till badrummet. Vid sidan om en oval spegel.

Efter ett snabbt toabesök blir Linda ståendes i hallen. Hon stirrar stint in i spegeln. Letar efter alla tecken, alla gråa hår och rynkor, den slappa huden...Vad var det som hände? Helt plötsligt så... Hann inte med riktigt...och nu står jag här. Med två tomma händer, eller?

Hon tycker inte om det hon ser, vilket gör henne sorgsen. Vill kunna tycka om, se med glädje på. Kan inte, inte nu. Kanske i morgon...?

Linda för fingrarna genom håret så det står rätt ut, busigt som en sky runt huvudet. Det gillar hon bäst, men vet att andra tycker annat. Vad ska jag bry mig om annat för, är det inte mitt hår, min kropp, mina rynkor...? När är det okey att bestämma själv? Att klä sig hur som, äta vad som, dricka eller inte dricka? Är hon inte tillräckligt gammal, mogen, för det? Jo absolut. Hade hon varit ett tag. Vad ska jag med allt det här tramset till? Nej här måste bli annat av, nåt radikalt, får vara dags nu. Dags. Måste hitta något nytt, nya perspektiv.

*

Den natten var Linda länge på hotellrummets stora balkong, tittandes ut mot stjärnhimlen och träden. Lång nattskjorta och trosor, musik i mobilen och små danssteg till tonerna när rytmen kändes rätt. Gick fram till kanten, stod en stund lutad mot räcket och det var okey, inte för högt nej mer lagom. Blev lite trött i benen och satte sig i en av de två vilstolarna som fanns där. Då kunde hon inte se ner på gården och poolen men det var inte viktigt. Stjärnorna och träden fanns där. Höll henne sällskap.

Natten var lagom ljummen på ett riktigt härligt sätt med en smekande len vind som kom och gick. En mycket behaglig känsla for genom kroppen på henne, suddade bort resterna av de dystra tankar som fanns kvar från dagen. Här var gott att vara. Slut på ältande och grubbel det var hon bestämd på. Se sig om och hitta det oprövade, finna balans i gammalt och nytt var hennes löfte till sig själv.

Det hon inte såg var den brunlockige mannen i vita utanpåskjortan och gula byxorna, bruna sandaler, som satt i ett träd en bit bort. Betraktandes henne.

*

En lapp i receptionen nästa morgon förbryllade Linda. Det stod:
»Du är vackrare än du tror och dina hemligheter bevarade. Väl
mött C.«
Hon tänkte till en stund, sen kom det. Ja just ja... Linda rodnade
lätt, log invärtes och gömde lappen i bröstfickan.
The love of my life... Jaja, allt har sin tid...
Den natten sen drömde Linda hett och länge.

*

Hon vaknade till en morgondag där minnesbilderna flödade
och uppfyllde henne så pass kraftigt att hon för en stund måste
stilla sig och andas igenom alla känslor som kom. Det blev lite för
mycket men hon visste också att det var sant det mesta och vad
hon tänkt om det, besluten som tagits och vägen hon gått.
   Bland de minnen som starkast framträtt var ett som födde fram
det här:

Soldis värmer
solsken bättre
En längtan
ett äventyr i livet
Dit hon vill
komma är på väg
hon tror har varit rätt länge
Tappat bort sig ibland men hittat fram
igen
Minns de orden som igår
att soldis kanske
inte alls sa du
som tyckte jag såg världen
alltför rosenskimrande vacker
när svart och ful samt grå
i dina ögon

Trots allt
har jag lyckats behålla
känslan drömmen hoppet
och soldis finns
ja solsken också
värmer båda lika bra
jag tänker

Det andra starka minnet var mer dubbelt, bultande och starkt passionerat, med en sorgsen ton. Hon bet sig i läppen, drog en suck av välbehag ändå, och började klä sig. Det var dags för frukost nu. Låta dagen börja.

Svindlande höjder

Nu satt hon här igen. Lika förvånad som alltid…. Hur dum får man bli…? Att frivilligt sätta sig i läge att färdas i en metallklump uppe i luften, över hav och städer, helt oskyddad och i händerna på både människa och teknik men utan egen möjlighet att påverka. En flygresa.

Ett undantag var det ju. Eira skulle aldrig flugit annars. Om inte dottern bott utomlands med ett hav emellan dem… Jaja nu var hon där. På väg.

Planet var i tid och landningen mjuk. Eira drog en suck av lättnad och knäppte loss sig. Nu var det över för den här gången. Fast mark under fötterna igen. Precis som hon ville ha det.

Det var trångt och en viss väntan på att komma ut men det bekom henne inte desto mer. Snart nog skulle hon få krama om dottern sin och de hade några dagars roadtrip att se fram emot. Först sova natten i nya lägenheten, ett riktigt kap förstod Eira, som hon endast hört berättas om men nu skulle få se och bebo, om än bara för en natt. Hyrbil och bokat hotell vid kusten stod sen på schemat, allt ordnat och klart. Av mellanbarnet Kiara som var en hejare på att fixa och dona, ingenting tycktes omöjligt och hon alltid gått sin egen väg. Ibland till föräldrarnas förskräckelse och ängslan, särskilt i tonåren, men mestadels på ett strålande och imponerande sätt. Ja så var det och modershjärtat bultade stolt som alltid då hon tänkte och mindes, längtade och fanns där.

Det klack till av glädje då hon såg henne stå där bakom repen som skiljde de ankommande från de väntande, stod där med sitt varma härliga leende. Eira log tillbaka med hela sig och sen var det stora kramen, den höll i sig länge.

»Gick resan bra, hur mår du? Är du hungrig?« Frågorna var flera och det var Eiras också men allt kunde inte tas eller ges på en gång. »Bara bra och nej det kan vänta. Är sugen på att komma hem till dig såklart.«

Med de orden och blickarna som möttes gav de sig raskt iväg mot utgången, parkeringen och bilresan.

*

Efter husesyn en snabbt tillagad middag som Kiara stod för, medans Eira passade på att ordentligt se sig omkring. Det var stilrent och fint, kände igen dotterns smak, förstod att hon trivdes. Lagom stort också, takfönster och eldstad som klara plus. Under och efter måltiden hann de med att gå igenom det nya sen senast, vad som hänt och inte, funderingar framåt, lite om resan som Kiara planerat. Paketöppning också, sen god natt inför den väntande bilturen påföljande dag. Ja paket ja, Eira hade med sig lite smått och gott från Sverige som kunde behövas eller saknas här. Lite minnen också och solrosen, som Eira hoppades skulle få plats där i hyllan som symbol och påminnelse om mamman som alltid ville sprida solsken och värme att ha omkring sig, så gott hon kunde, wherever you are…

Eira fick sovrummet med nya sängen. »Klart du ska ha, du är min gäst mamma. Jag tar soffan«, var Kiaras självklara svar. Den var underbar, sömnen fantastisk och hade med sig också en dröm från barndomen, en dröm som präglades av lugn och harmoni, ett extra tillskott för att göra dagen ännu mer på topp.

Lägenheten var verkligen ett fynd, liksom parken en oas alldeles nära, snabba och täta transporter också. Vad mer kunde man önska sig i en storstad som denna? Att både ha lugnet och vimlet, kunna välja själv. Smakade bra att tänka på, liksom frukosten med nybryggt kaffe från Sverige minsann.

Den lilla röda bilen var smidig och lättkörd vad det verkade. Kiara lugn och säker bakom ratten, tog dem tryggt och smidigt genom den täta trafiken, kändes van trots att hon sällan egentligen körde bil. Hon hade dessutom laddat med musik från Eiras favoriter. Allt för att göra resan och modern glädjefylld. Ur högtalarna strömmade Ted Gärdestad, Björn Afzelius, Niklas Strömstedt, Tomas Ledin med fleras härliga låtar. Musiken blandades med prat och skratt, där såväl dåtid, framtid som nu fick plats. Eira fascinerades till dotterns oförställda »Men mamma då!«, av att det även här bland annat fanns både tallar, 90-procentig choklad av samma märke hon var van vid, tillika den favoritglass hon brukade köpa hemmavid.

*

Det lilla hotellet vid kusten var beläget inte långt från stranden. De togs emot av ett värdpar som bjöd på info och gästvänlighet, förklarade hur det gick till med allt från frukosten, sevärdheter på platsen samt »the honesty bar«, där det var fritt att förse sig och sen skriva upp sig för debitering i efterhand, att dras av vid avfärd. Rent och fräscht var det också, mjuka sängar och kaffe/te på rummet.

Solen gömde sig och istället var det gråmörka moln som tornade men det hindrade knappast promenadlusten. Så iväg det bar då efter en kort stund med att komma tillrätta. Förutom telefonens Gps hade de papperskartan från hotellet med sig också. Den användes dock inte, var en närmast antik sak från förra århundradet enligt Kiara, men lite kul ändå.

Snålblåst och tidvis regn stoppade dem inte i deras lust att utforska hamnstadens möjligheter. De passade på att slinka in på en liten kvarterskrog för lunch när det föll som mest. Det tog sin tid att få maten, tid de använde till samtal om viktiga saker. Att sitta där tillsammans och småprata, ha tiden och närvaron, även modet och tilltron. Det var fint. Maten var okey men inte det viktigaste. Kyparen delvis tandlös vilket gav ett perspektiv på ett och annat, liksom resten av resan också skulle bidra med. Genom mysiga shoppinggator till snåriga skogsstigar och naturreservat fortsatte promenaden. Inte bara lugnt för Eira höll på att förloras då hon utan att riktigt se sig för kastade sig ut över vägen, upptäckte inte en snabbkörande motorcykel och fick hoppa undan och halvt skräckslagen både hon och Kiara, sen konstatera att hon klarat sig men fick skämmas. Det gjorde hon rejält…

*

Lite slappande och tedrickande på hotellrummet innan det var dags för middag med »tilltugg«. Det senare bestod till en del av pirvandring men främst av besöket på ett öppet disco, där en liten rundhult herre med t-shirt, slitna jeans, keps och boots, tillsammans med sitt band gjorde kvällen lyckad för många ortsbor det märktes.

Eira och Kiara fick en upplevelse att ta med sig av det mer ovanliga slaget. De tillbringade stor del av kvällen i soffan med varsitt glas innehållande skilda drycker efter tycke och smak, och med detta och de som fanns emellan och hos dem, kunde de ha riktigt roligt åt att fundera över alla dessa människor. Hur hörde de ihop, hur och varför befann de sig där och då, tillsammans? Kanske var de arbetskamrater på AW, eller grannar som bestämt sig för att ta en kväll ute tillsammans, eller vad? Så omaka många, hjälplöst utkastad någon, sorgligt att se, likt en förlorad själ irrandes från famn till famn. Stelt uppstramade andra, lekfulla, hängivna eller bara spritt språngandes galna, som man kan bli en sommarkväll då andan faller på och för kanske ingen anledning alls, annat än bara för att. Eller just för att gömma och glömma, bara komma bort. Det var inte fallet för Eira och Kiara. Nej de hade roligt på riktigt, och gick hemåt fulla av äkta glädje.

Känslan bar de med sig genom bilresan nästa dag. Till bergen bar det av nu, havsvikar med bergväggar som stupade rätt ner, där skulle de klättra. Vandringsstigar hade det varit på bilderna från nätet, och bedårande utsikt över sandstränder och havet. Det var bara i början, sen blev det mer att hänga sig kvar. Kändes det som. För Eira. Inte för dottern. Hon njöt i fulla drag och inte bara klättrade ända fram mot kanterna för bästa fotovy, nej hon spatserade dessutom ut på smala klippstråk för att komma ännu lägre och häftigare fram. Hon var inte ensam där och smalt var det sannerligen att mötas. Eira vågade knappt titta och gick igenom i huvudet vad hon skulle säga eller göra om dottern föll. Vadan denna rädsla? Inte bara för höga höjden som sådan, nej men när det viktigaste och dyrbaraste hon har är hotat, då finns inget annat...Vart ringer man här, och var befinner vi oss? Kunde hon få fram det på engelska?! Det visste hon inte och oron steg i bröstet där hon klamrade sig fast i ett räcke och nådde sen en avsats där hon kunde vila, ta igen sig och komma ifatt i sig själv, få tillbaka lite lugn och igen kunna njuta faktiskt av The amazing view och naturens underverk. Landade till slut i att det här var helt okey. Undrade ändå var tilliten hos Kiara kommit ifrån, att hon inte tänkte på, att den hon mötte kunde vara en galning som bara sådär för att, skulle stöta till och knuffa ner... Blev med ens riktigt glad mitt i allt. Ja den tilliten hoppades hon ha varit med och bidragit till. Att tro så fullt på det goda och våga steget. Hade hon själv varit sån en gång månne...nja, vete katten. Kanske.

Det ordnade sig, ingen knuffades, halkade eller föll. Solen sken och vinden svalkade, vattnet de bar med sig gjorde gott, liksom den inhandlade matsäcken. Det mesta kändes trots allt bra och Eira kände sig även lite stolt över att hon fanns där, klättrandes, långt från sin comfort zone men till största delen ändå lugn och glad. Högt var det absolut och rädslan skrällde till då och då men hon klarade det och snart blev det dags att vända hemåt. Det gjorde inget alls att hemvägen de valt och trott skulle bjuda på kossor i en hage, istället var fylld av betande tjurar. Nej det gick bra det också och de skrattade och log båda när de trötta och nöjda efter cirka 25000 steg nåt sånt där bad en annan vandrare om ett foto att också minnas med. Eira kände av hela sitt hjärta att det var så värt det alltihopa. Strapatsrikt, minnesvärt och härligt.

Lite strandhäng och känsla för badlivet hade de också hunnit med, kallt vatten så inget att tänka på men bara att flanera där, slå sig ner på ett fik och se solen gå ner, var njutbart och de kunde dela ett och annat, kändes fint.

Kvällsrundan på stan på jakt efter mat sen blev lång men till slut fick de ett bord i ett hörn på en asiatisk restaurang, där de i lugn och ro kunde avnjuta en efterlängtad och välbehövlig middag. Det var stängt på discot såg de sen när de passerade men en liten krog nära hotellet slank de in på och vilka var där månntro och spelade om inte bandet med den lite rundhulte herrn från igår. Otroligt men sant. Gav mersmak.

*

De sov gott den natten också. Lite sorgesam känsla att behöva packa för hemfärd. Varför kan inte nuet vara längre, varför går tiden så fort? Jaja så det är och allt har sin tid. Efter frukosten tackade de för sig och lastade in packningen och sig i den lilla röda och for iväg.

Idag var det inga höga berg eller annat att klättra på. Nej Kiara tänkte och sa att hon förstått att hennes mamma nog behövde nåt annat denna dag, så de begav sig till hedar och skogar med fritt strövandes hästar av olika slag. Naturen här liknade till en del fjällriket Härjedalens, både till syn och doft, var behagfullt, trivsamt och lugnt. Det var dessutom Kiaras hemmaplan kan man säga. Hästar hade länge varit en stor del av hennes liv, började ridskola redan som fyraåring, och före det till och med var svaret på frågan vad hon skulle bli då hon blev stor:»Ryttarinna.«

Kiara gick nära och fotade, småpratade med djuren och hade lust ta med sig ett och annat hem. Eira höll sig lite mer på avstånd men det var verkligt rogivande att se och ta in både naturen, djuren och se den samhörighet som fanns där, på flera sätt och även speglades i dotterns varande.

Naturreservatet bjöd också på vidsträckta skogar där träden var höga som till himlen nästan, blandat med allehanda växter och stigar kors och tvärs där det gällde att hitta rätt men med hjälp av Kiaras Gps var det helt lugnt på den fronten. Ett bedårande litet Inn dök upp när de var som hungrigast och förutom baren inomhus, fanns en trädgård där de kunde avnjuta en välkommen lunch.

Eira satt tyst och tankfull en stund, kände stundens allvar och att det snart inte skulle gå att prata såhär som de gjort dessa dagar, öga mot öga och bara de, tillsammans hela tiden, som de varit en gång alltid men nu bara sällsynt och såhär flera dagar var unikt. Hon ville passa på att höra, veta och dela mer, nu när tiden och platsen var just denna. De hann med det också, och Eira förvånades över att Kiara på uppmaningen att ta fram det hon helst ville säga till sin mamma nu när hon hade henne här mittemot och innan det var dags att resa vidare, så var det bekymmer över vad hon, Eira gjorde med sitt liv. Eller inte gjorde…

Eira hade väntat sig något annat. Det finns så mycket att fundera över, vad var bra, vad var dåligt, hur skulle hon ha gjort, hur kunde hon ha tänkt och förstått och handlat? Det snurrade ibland så många tankar hos Eira, svårt få rätsida på dem. Kanske skonade dottern henne, lät bli att plocka fram. Hon visste inte. Det enda hon visste helt säkert, var den starka ovillkorliga kärleken som fanns där från henne till barnet såväl när liten som nu vuxen, oavsett vad. Genom eld och vatten…

*

Det var inte långt till flyget från dagsetappen, ingen stress, de var i god tid på väg och Eira helt trygg med Kiara vid ratten. Hon tog dem lugnt och säkert genom landskapet. De lämnade bilen och fick transport till utrikeshallen, där Eira checkade in och bara avskedet återstod. Det ville ingen av dem, drog ut på det länge, ville hålla kvar. Det blev ändå dags, men det kändes att även om havet var emellan så kunde de ändå vara tillsammans. I hjärtat. Boardingen dröjde, förseningar från Stockholm. Eira hade ipaden och korsordstidningen att roa sig med under väntan. Det skulle bli sen hemkomst, mitt i natten som hon förstod det. Spelade ingen roll. Det var sommar och ledigt ett tag till.

Äntligen»Final call« och det började röra på sig. Med dragväskan stadigt i handen och axelväskan på plats bar det av mot planets öppna dörr. Nu var hon här igen. Att lyfta till svindlande höjder som hon alls inte ville men fick foga sig i.

Det skumpade och skakade våldsamt stor del av resan och skylten med»Fasten seatbelt« lyste oroväckande. Ändå var Eira lugn. Tänkte att jaa nu sitter jag här och kan inte annat. Och vad som än händer var det värt det. Que sera, sera…

Vad som än händer. Dagarna och tankarna, upplevelserna, samtalen, känslorna har jag kvar. Massa äkta värden. Det kan ingen ta ifrån mig. Eira hoppades att hon tackat sin dotter nog för den fantastiska resa hon ordnat. Dagar att minnas och bära med mig. Det viktigaste av allt var de äkta värdena, visste hon sen redan och hade hon burit med sig länge.

Eira tuggade på pennan och skrev ner några rader från hjärtat:

Äkta värden
i det lilla och stora
och barnet
kan inte älskas
nog mycket
bara finnas till
är allt
som krävs
och jag är lycklig

Att se växa
värma

plåstra om och trösta
läsa läxor
spela fotboll
björnen sover
fredagsmys och
lördagsfilm
godnattsånger personliga

Till varje pris känna in och hålla om
det bästa som finns

Livet vidare går
och jag är lycklig!

Meningen med livet

Den lilla flickan tittade storögt på sin mormor. Hon hade precis ställt den stora svåra frågan hon grunnat på:
»Vad är meningen med livet egentligen?«
Trots sina bara 10 år funderade hon mycket, ibland lite väl djupt kunde man tycka. För det mesta var hon dock ett glatt och spralligt barn som rusade runt och hade kul. Klättrade i träd, hoppade studsmatta och lekte i skogen med sina vänner. Hos mormor var hon ganska ofta, när föräldrarna jobbade sent eller behövde lite egen tid, eller då hon själv bad om det. Ville hit för här fanns alltid tid för äventyr och skratt mitt i allt det vardagliga. Det är det fina med att ha gott om egen tid, som det var nu för mormor.

Mormor Evida var en pigg och solbrun pensionär numer, för vilken en stor glädje i livet var när barn och barnbarn kom förbi. Då sken hon upp som den sol hon jämt velat vara men väl inte alltid lyckats med. Barnbarnens ofta djupa frågor tyckte hon mycket om att stanna upp länge vid.

»Se dig omkring Mileida! Se fåglarna och gräset, blommorna och träden. Se livet. Det är där meningen finns.«

Mileida rynkade pannan, förstod inte riktigt vad mormodern menat, vilket denne självklart såg och därför fortsatte:

»Det är själva livet. Att leva det och föra vidare. Och göra det så det fina och goda växer starkare medan det dåliga minskar.«

»Varför är det så mycket dåligt då? Vad ska det vara bra för...?«

Mileida tittade uppfordrande på sin mormor. Tänkte att det här kanske hon ändå inte kunde svara på men hoppades. Evida blev henne inte svaret skyldig.

»Det är den allra svåraste frågan Mileida. Knepig är den men jag tänker som så att det går långt tillbaka, till den tid då människan såg faror omkring sig vart hon såg och måste skydda sig, strida för sin överlevnad på ett annat sätt än vad dom flesta behöver nu. Mycket har hänt sen dess men utvecklingen mentalt har inte gått så bra som den tekniska kan man lugnt säga.«

Evida gjorde en liten paus och gav Mileida en öm kram.

»Varför har det blivit så?« fortsatte Mileida.

»Det är lättare att förklara om man ser på det mer i det stora. Och att det råder en väldig orättvis fördelning i världen. Det finns lite olika teorier om vad som driver människan och vad som är bäst för utvecklingen. Några tror mest på vad som kallas att den starkare överlever och då verkar det vara okey med att några får det bra, andra inte, att det är naturens ordning så att säga. Charles Darwin, en berömd vetenskapsman, förordade den teorin och det har i mycket fått råda runt om i världen vilket tydligt syns. Det gäller inte bara människor emellan utan också länder emot länder, där vissa makthavare menar sig ha rätten att ta för sig och låta andra bli utan eller med mycket lite jämförelsevis.

En annan vetenskapsman som inte blivit lika känd eller omtalad var Peter Krapotkin. Han talade istället om inbördes hjälp och att det var de samhällen som tillämpade det som överlevde och klarade sig bäst. Han grundade sig på studier av djurarters beteenden och genomgång av olika mänskliga samhällsförhållanden. Han visade att inbördes hjälp var i lika hög grad en naturlag som inbördes kamp, vilket framhållits som Darwins tes. Krapotkin visade även på att Darwin faktiskt också tagit upp den tanken, men att den hamnat i skymundan. Att det var samarbetet som bidrog till ökad intellektuell och moralisk utveckling hos människan och också då möjligheten till överlevnad. Det här har som jag sa inte lyfts fram av de som vill förklara orättvisor att det är naturens gång det som sker. Jag brukar tänka som så att det blir som man tänker.«

Evida avbröt sig och skrattade till när hon såg Mileidas förvånade uttryck. Det behövdes mer förklaringar såklart.

»Blir det krångligt?«

»Njae lite kanske. Känner inte till de där gubbarna du pratar om men att hjälpas åt låter bättre än att bekämpa varann så jag håller på Krapotkin jag.« Hon sken upp i sitt varmaste leende och manade sin mormor att fortsätta.

»Jo det man tänker om nåt bestämmer liksom åt vilket håll man jobbar kan man säga. Tror jag att det behövs att vi bekämpar varann och måste strida för att må bra, då kommer jag att göra det också och det blir mer av kamp och strid. Om jag istället tror att samarbete och att vi hjälper varann är det bästa kommer jag att jobba för det och då ökar den delen av handlingar och tankar. Förstår du hur jag menar?«

»Ja det gör jag. Så är det nog. Synd att inte alla fattar det…«

Mileida kliade sig i huvudet och suckade. Tog sen sin mormors hand och kramade den.

»Det här med att många är så dumma mot andra. Jag menar inte mellan länder nu utan till exempel bland kompisar eller att det finns människor som slår ihjäl andra bara sådär. Då handlar det ju inte om nån strid för överlevnad eller så egentligen. Mer att de är elaka eller onda. Varför är det så?« Mileida såg på sin mormor med rynkad panna. Det här var nåt hon brottades med ofta, förstod inte, sökte svar.

Evida suckade med en sorgesam ton i det hela, innan hon besvarade frågan, och gav Mileida en varm kram.

»Ja du, sorgligt men sant. Det finns och det ser ut som elakhet. Det lilla barnet som föds är inte elakt. Det är vad som händer sen som avgör. Men det finns också en annan faktor med i bilden. Vi föds med olika stora gåvor/förmågor av skilda slag. Alla är inte lika bra på matte, eller stavhopp, eller löpning, eller läsning, eller att förstå och bry sig om andra, på empati. Det man inte är så bra på behöver man träna mer på, och få förklarat bättre, så man lär sig att förstå och klara av det.«

Evida gjorde en eftertänksam paus och Mileida passade på att flika in:

»Så du menar att det är som matte då ungefär? Det behövs träning, men att alla kanske ändå inte blir lika bra? För jag tror inte alla kan få A i matte, hur mycket de än tränar...«

Evida skrattade till och höll med:

»Ja det kan man säga. Alla kan ändå bli godkända, klara sig good enough. I stort sett, kan finnas undantag beroende på. Dels var ribban eller kraven sätts i till exempel matte, dels så kan det vara så att ett litet fåtal individer har en så pass allvarlig defekt eller brist på empati i sin uppsättning att de utvecklas åt fel håll. Jag vet faktiskt inte om det alltid, 100% går att vända detta helt men det handlar i så fall om ett litet fåtal och om alla andra gjorde gott skulle det inte innebära några större problem.«

Evida stannade upp innan hon fortsatte, hade nu en bekymmersrynka i pannan.

»Det handlar också om vad man lär sig att värdesätta, att prioritera som det viktigaste. Och som sagt vad som händer. Det behövs kärlek. Barn måste få kärlek för att utvecklas till att kunna ge. Behöver respekt och empati för att ge det tillbaka. Behöver bli sedda för att kunna se...« Evida stannade upp och blev sittandes tyst en stund. Tills Mileida tog hennes hand.

»Vad fint mormor du kunde förklara. Jag har fått mycket av det du nämner. Jag vill också leva så, ge tillbaka och försöker göra det. Så gott jag kan. Hoppas det räcker.«

»Jag vet älskade Mileida, jag vet och det är bra. Du är stark och god. Alla som bidrar hjälper till att få en bättre värld. Du och många andra är framtidens hopp. Meningen med livet helt enkelt.«

De förenades i ett gott skratt och en bamsekram.

»Nu tycker jag vi går och kokar oss lite choklad och brer mjukmackor, eller vad säger du Mileida?«

»Ja mormor, det vill jag också!«

*

När Mileida somnat lugnt på kudden efter nattmacka och oboy, som åtnjöts till mormors högläsning ur Nils Holgerssons underbara resa, plockade Evida fram sin lilla skrivbok.

Hon satt tankfull en stund, betraktade det sovande barnet som var henne så kärt, vände sedan blicken utåt, mot gården, bäcken och fjället. Solen stod fortfarande högt på himlen, som det sig bör i julinatten, där mörkret aldrig riktigt får fäste, om än solen själv slumrar ett slag.

Evida vände fram ett tomt blad, tog ett stadigt grepp om blyertspennan, slöt ögonen en sekund bara, sen skrev hon:

Trygghet i tillit
funnen
behövs,
sen måste vi alla gå
den egna vägen

söka trassla ur, reda upp
det som stör
för att njuta
av tillvaron

Till slut
hittar vi fram
de flesta av oss

tar bara lite längre
tid för vissa

det får det göra
är okey
som det mesta

och friheten
den tar slut
där den andras börjar

och gränsen
får aldrig någonsin

överskridas

När knoppar slår ut eller en önskedröm...

Natten blev kort för Leia men det var inget som verkade spela någon roll. Hon vaknade med en ovanlig känsla av friskhet och lättnad, till en morgondag som bådade gott. En snabb dusch där hon lämnade håret fortsatt droppandes i topparna, det smekte huden på ett lovande sätt som värmde i bröstet. Jeansklänningen och ett par trosor fick räcka, sen ner till frukosten.

Solen lyste in genom de stora fönstren i hotellrestaurangen, gav en skön känsla och mersmak till Leia som efter avslutad måltid skyndade upp på rummet, bytte om till badkläder och strandskjorta och gav sig av mot havet längs med strandpromenaden. Ett sista dopp innan avfärden ville hon ha. Simmade riktigt långt och kraftfullt, tog ut sig rejält i vågorna och sjönk sen avslappnad och glädjefull ner på en av britsarna. Lapade sol en stund och njöt av tillvaron.

Hon hade för ovanlighetens skull tagit sig en semestervecka på ett spa en bit från hemmet. Tänkte hon ville prova på något nytt. Verkligt givande hade det varit och kulminerat med hennes tankar på och minnen från förr, och så sms:et då.

Det var märkligt det som hände igår men fick henne att känna en stark beslutsamhet och nästan barnslig glädje. Hade haft svårt att hålla sig, och släppte tvunget ut lite fnitter och danssteg upp från baren på natten. Då när det hänt och hon bestämt sig.

Busen skulle inte gå förrän sen eftermiddag, så lunch hann hon med innan utcheckning. Buss hem till Uppsala, annan buss till lägenheten, packa om och iväg. Så fick det bli, var ju planerat och klart tack och lov. Snabba puckar, och härliga.

*

Hon tåg tåget. Lät sig färdas genom landet i tyckte hon alltför långsam takt trots att det var ett så kallat SJ snabbtåg hon åkte med. Hade bråttom. Hem till honom. Äntligen och inte en dag för tidigt. Nej det var istället som att varje minut som förflöt var en förspilld lycka... Leia ruskade på sig och tog sig samman. Såja lugna ner dig. Han finns där och du kan vara säker på att han längtat lika mycket som du men allt har sin tid vilket du vet. Hon trummade mantrat om och om igen tills hon kände en stilla ro ändå. Kunde slumra med ett småleende på läpparna, ena handen mot bröstet en trygg sorts försäkran, den andra lätt knuten i fickan.

Hur kom det nu sig, efter så lång tid... Ett oförmärkt sms i nostalgisk kväll som hon nästan tanklöst skickat iväg:»Du ska veta att jag saaaknar dig. Det finns känslor som aldrig tar slut...«, hade besvarats nästan omgående:»Jag är liiika hopplöst förälskad nu som då...«Hon baxnade och drog efter andan, några sekunder kanske minuten i tvekan sen var det nog. Dags nu, inget mer att förlora...

Hon tänkte tillbaka, mindes första gången, oväntade mötet då han dök upp bakom en buske som typ gubben i lådan ett skämt men det var det inte. Hon nyss uppstigen från badet i den lilla insjön, sittandes på bryggan i solen för att torka. Han med solen som speglades i de chokladbruna ögonen och ansiktet, det smäckra runda, med mörka luggen i pannan, lite lockar på kragen och skägglös. Han var klädd i t-shirt, jeans och vandringskängor. Hon i bikini, handduken bredvid sig. Rodnade blygt vid leendet hans och drog handduken till sig.

Han hade satt sig på bänken vid strandkanten och de började prata. På den vägen var det, blev det. Inte genast uttalat men gnistan var tänd.

Hon hade varit rädd till en början. Inte vågat släppa in, släppa taget om det svåra. Då när det begav sig. Kändes skadskjuten, sargad och liten… Han hade blåst trygghet in i henne och hållit om med en öm styrka hon aldrig upplevt eller trodde fanns hos någon man. Hans leende, skrattet, smekningarna, älskogen, all den stadighet han ändå stod för fick henne att börja känna tillit, och att både kunna ge och ta emot. Hans kärlek var het och stark och hon nästan drunknade däri. Fast inte riktigt. Hon höll sig över ytan och hon lärde sig så mycket, lärde sig vad verklig kärlek kan säga, när det bara är dig och ingen annan han vill ha. I evighet som han skrev och menade. Liksom det att han skulle kunna vänta hur länge som helst på henne. För hon var den som han ville ha. Bara hon. Och att han sparat all sin kärlek:»Saved all my love for you…« som kom till förklaring på frågan att han avstått från andra även då det inte var sagt emellan dem, innan de på nytt tog tag i varandra. På dansgolvet den gången, när det börjat på riktigt, någon månad senare, framåt höstkanten. I tryckaren, till och med hans medsjungande röst i örat under Cat Stevens »I can't keep it in, I've got to let it out…«, var hon såld.

En kärlekshistoria utan gränser kändes det som sen, hennes livs stora kärlek, där hon höll fast och länge, trots det gnagande tvivlet på om det skulle räcka, och det störande draget han hade att allt som oftast döva sig med haschpipan innan sänggåendet. Att det sen inte blev något, varken med det ena eller andra, var antingen ungdomlig dumhet eller vuxen klokskap. Hon visste inte. Bara ändå att inget annat nådde upp.

Åren gick och livet for fram, på många sätt väldigt bra och med massa kärlek också, från barnen främst och den fanns kvar. Det skulle hon för allt i världen inte velat vara utan. Den starkaste kärleken är ändå den. Barnen kommer alltid först. Så hade det varit för henne, en självklarhet utan ifrågasättande. Hade upptagit stor del och det var de bästa åren, skulle alltid förbli, vad som än nu hände framåt. Ingen tvekan där. Inget av det skulle ändras nu. Det fanns plats för både och.

Längesedan visst men vad spelade det för roll. Hon tänkte på livet som i perioder där varje del har sin tid och sitt värde, sina upplevelser och sitt mål. Nu var en annan tid. Den fanns där att ta tag i och hon hade tagit tag. Hade vågat ännu en gång.

*

Tåget tycktes aldrig vilja röra på sig. Stod stilla på stationen i Tierp sedan en halvtimme utan att någon tycktes veta varför. Leia hade varit försjunken i tankar och inte märkt först att det var stiltje men sista kvarten ökade oron och rastlösheten för varje sekund kändes det som. Äntligen kom ett besked i högtalaren. Ett signalfel norröver men snart skulle det bli avgång. Suck och pust. Leia tog sig samman och försökte sätta sig så bekvämt tillrätta som möjligt, vilket inte var lätt när träsmak gjorde sig påmind och värmen i vagnen också gav svettdroppar både i pannan och överläppen. Leia tog snabbt fram en servett från den slitna men ack så omtyckta jeansskjortan, och torkade sig fri... Ja det kändes så, att jaja vad spelar en halvtimme eller mer för roll, eller värmen och träsmaken? Vi kommer fram och jag lär få se honom, omfamna och omslutas. Det ordnar sig.

*

Det gjorde det. Han stod där på perrongen och väntade. Håret grånat men kvar, blicken i de chokladbruna ögonen också. Den starka, intensiva, också trygga. Stod där som om han alltid gjort det. Väntat. Händerna i fickorna på vindjackan i mörkbrunt, luvan hängde fritt. Slitna blåjeans och sandaler i svart där de vita sportsockorna stack fram som kontrast.

Han, som varit väl flummig på den tiden. På ett sätt men ändå inte. Dubbelnatur kanske. Han hade själv undrat över det många gånger. Liksom han ångrat. Att han släppte taget så lätt den gången. Inte kämpade mer för den kärlek de hade. Var väl ung och dum har han ursäktat sig själv för. Förlåtit och gått vidare. Med sig själv men inte stoppat tankar eller känslor. Trots nya relationer som också burit kraft och glädje. Ändå inte samma starka, inte samma eviga längtan heller när de var ifrån varandra. Ett annat lugn och kanske bra det med.

Nu var det ett tag sen han blev ensam igen. Inget dåligt liv i 2:an höst upp i 4-våningshuset, med utsikt över kullarna och fälten, och löparslingan han faktiskt börjat använda. Det skulle bli en nyhet för henne. På den tiden, deras tid, var det gitarren, munspelet och sången han tränade. De fanns kvar de med, men haschpipan var för länge sen borta. En och annan öl kunde det bli med gitarren på knät på helgkvällarna i vardagsrummet. Inte mer än så. Det skulle hon säkert inte ha något emot...

Leia kunde knappt bärga sig där hon stod i kön på väg ut. Kunde se honom genom fönstret och pulsen var hög. Vågen av värme var inte längre utifrån orsakad av solgass och unken ovädrad tågvagn, nej den vällde fram i kroppen och gav henne närapå svindel. Hon måste andas sakta, trummade handen mot bröstet som hon brukade, höll den andra nu hårt om den gröna dragväskan. Så var det dags. Hennes tur att ta några steg ner till perrongen. Hon kände sig lite darrig och hade blicken stadigt fäst vid fötterna för att inte snava. En sekunds tvekan sen såg hon upp och mötte hans varma leende och glädjen som lyste klart. Armar sträcktes fram och hon fann sig helt plötsligt i hans famn där hon också kramade tillbaka med en kraft som inte behövde några ord för att berätta hur hon kände.

Han behövde inte böja sig för att komma åt att kyssa henne för var av samma längd. Hon burrade in sig i hans axel och måste bita lite för att känna det verkliga i att hon var här och han. Till slut. Igen.

»Nu vill jag aldrig, aldrig nånsin släppa dig igen« viskade han i örat och hon log saligt.

»Inte jag heller...« Det fanns inte ord för det hon kände. Bara svindel och sus, lyckorus.

Förtrollningen släppte något och de började sakta vandra framåt. Han med den gröna dragväskan i ena handen, den andra om hennes liv. Hon med båda sina armar kramandes honom. Den stora eviga kärleken hade fått en ny början.

*

Hon visste det var sant så kunde med lätthet formulera sina tankar, vågade sätta dem på pränt och gömma men inte glömma, den lilla lappen i hemligfacket på necessären. Det var på toan innan sängens värme och hans mjuka kropp skulle ta emot och hålla kvar, som hon skrev:

Aldrig mer ensam
tillbaka till tidens början utan slut
Spela roll vad som flutit emellan
ingen alls
Det är nu som gäller
inte släppa taget
Jag vågar
är inte längre
som förr
då jag klamrande
livrädd
fick dig att lova
inte försvinna
bli borta helt
plötsligt utan ord

Barnslig skräck
som kunde varit verklig
sann på sitt sätt
Nu aldrig mer
nej nu vet jag

att du finns
är stark och
du mycket starkare också

Av växtkraft
har vi båda kommit framåt
i steg på vägen

Där ljuset alltid finns

Bilresan kändes inte lång. Det var 50 mil men gick lätt tyckte Eila. Hon hade packat bilen i morse för att kunna fara direkt efter jobbet. Klockan var 17 när hon startade, räknade med att vara framme före midnatt, borde ta 6 timmar att köra och sen lite snabb rast.

Matsäck hade hon med och kunde äta en del av den medan hon körde – mackor och kaffe slank ner till tonerna av bland annat Doctor Hook, Björn Afzelius och Bod Dylan, varvat med en och annan nyhetsrapport från radion. Det var nostalgi i de flesta låtar, mest från ungdomsåren, studentlivet och det vilda fria i Uppsala då det begav sig. Nationsliv med pubhäng och disco där det ibland bjöds på livemusik att dansa till. Lokala band blandades med mer kända profiler som Pugh och Nationalteatern. Eila kunde känna sig som lite tillbaka i tiden när hon lyssnade till musiken från förr. Kändes bra.

Motorvägen var snabb men rätt tråkig också, inte mycket att se men viktigt att hålla sig alert ändå. När Gävle närmade sig visste hon att snart blev det enfiligt varvat med snabbkörande fält, då var det inte bara tråkigt utan ibland också läskigt. De stora långtradarna kunde skaka, och att köra om dem var inte kul, fast bättre än att ligga bakom. Hon bet ihop och gasade.

Tönnebro nästa men det blev utan stopp nu, till skillnad från när barnen var små då det var ett ganska givet rastställe, med både plats för ätande och ibland bad. En liten nostalgiklump i magen dök upp där vid minnet, hon lät den vara kvar och höjde volymen på radion. Hon bytte skiva, ville ha Tomas Ledin nu, de rytmerna ett tag. Bäst tyckte hon om »Lika hopplöst förälskad«. Den tryckte hon om några gånger och lät klumpen komma och gå, både det sorgliga och ljuva, tankar på vad som varit och vad som komma skulle. Tid för allt tänkte hon, inget att hänga läpp för. Nu var hon på väg och det var meningen att både gammalt och nytt fick finnas. Hon skulle ta det och gå vidare. Leva sitt liv som hon hade lust och rätt till. Alla var välkomna som kunde förstå det. Tankar och känslor också, de var ju delar av det hela så…

Snart motorväg igen ett tag och sen vika av mot Delsbo innan Hudiksvall. Nu var hon i Hälsingland och hade minnen också därifrån, från barndom likväl som vuxentiden. Hon lät tankarna glida och kände mest glädje vid bilderna som passerade förbi. Stoppet hos syster fick vänta till hemfärden, det var sent nu, lackade mot natt. Eila ville upp innan mörkret, för även i augusti går solen ner…

Ljusdal och sedan Sveg. Eila körde in vid Coop och kompletteringshandlade, svängde sedan ner till OKQ8 och tankade. Det blev påfyllning av kaffet och sen den obligatoriska glasstruten innan det bar iväg mot Hede och Messlingen. Det började skymma alltmer, solen var på väg att lägga sig. Eila tog det ganska lugnt nu, viss om alla älgar, renar och andra djur som kunde dyka upp efter vägen. Hon mindes alltför väl krocken med en ren sommaren 1968 då hon och morbror Ralf var på väg från Hede. Eila hade fått syn på den och skrikit till. Det var en hemsk upplevelse, hon trodde att »Nu dör jag« men Ralf hann bromsa in så pass att renen visserligen flög upp och krossade framrutan, men bilen stod stadigt kvar och renen den försvann upp i skogen. Det gick bra den gången, men minnet hade etsat sig fast och gjort henne extra uppmärksam.

Inga djur sprang över vägen och snart var hon i Hede, svängde av mot Särvsjö och Messlingen. Drygt 5 mil kvar men det brukade ta en timme. Eila körde sällan mer än 50 här. Vintertid var det fullt av snö och is, nu på sommaren ganska gropigt, även lerigt här och var. Vägen gick ganska rakt västerut och solen stod stundtals precis framför henne som en stor guldgul boll rätt i ansiktet. Hon fick sakta in och krypköra vissa sträckor.

En fjällvråk som satte av och flög rätt mot bilen lyckades Eila med nöd och näppe parera så att den precis hann undan. Adrenalinet steg och sjönk, byttes mot glädje över att både ha fått se och klarat att rädda den vackra fågeln.

Det blev mörkare, skymde men på himlen fanns ändå ljus kvar från den soliga augustidagen som nu övergått i sen kväll ja nästan natt. Eila körde nu in i byn, förbi Baggården där det lyste ur fönstren i värdshuset på kullen, även i affären längs med vägen. Hon svängde av ner på vägen mot sjön, där stugan hennes välkomnade som alltid med en utstrålning av värme och harmoni som kändes redan då hon parkerade och klev ur. Äntligen framme! Hon stod där i månskenet som lyste upp sjön och fjället, stod där andandes och kände av lugnet och glädjen som alltmer uppfyllde henne.

Eila drog djupt efter andan och sträckte armarna i luften, sträckte ut ordentligt, ruskade sen på sig, lite stel efter den långa resan med enformigt bilkörande, låste upp och insöp glädjefullt Lisslundas oerhörda trivselkänsla. Hon packade in som hastigast, gick sen ut på gården och bara stod där. Nu var hon här igen. Här som ljuset alltid finns. Ja fast det nu var långt efter solnedgång så kändes det inte mörkt. Sommarnatten fanns kvar. Trots augusti var det inte helt mörkt ännu. Spelade egentligen ingen roll för även mitt i kallaste vintern var ljuset alltid med henne här. Tillbaka i barndomens paradis.

Här fanns inga mardrömmar, ingen rädsla, inget farligt att frukta. Här fanns trygghet och frid och hon kände sig aldrig ensam. Med eller utan käresta som sällskap.

Nu väntade ett par veckor med fjälluft, hjortronplock och mys vid brasan på kvällen. Kanske fick hon besök, kanske inte, men att han skulle komma det trodde hon fullt och fast på. Inte nu ikväll eller natt, men snart. Ensam skulle hon oavsett inte känna sig, det visste hon.

Eila slog sig ner i en av stolarna på verandan, la upp fötterna på den välplacerade pallen, satte sig skönt tillrätta, med händerna i knät och huvudet mot väggen. Hon blundade först men nej ville se, ville insupa lugnet och friden. Myggfritt och en svag vind. Perfekt. Eila satt där en bra stund, njöt av tillvaron och kände sann lycka.

*

Mörkret skrämde aldrig här. Nu i sommarnatten fanns mest skymning bara, men i svartaste vintern med gnistrande stjärnor eller norrsken, mulet eller vad som helst, fanns ingen rädsla heller. Kunde vandra mitt i natten om så var, runt byn och ner till sjön för att bara prova och se att javisst så är det. Här är tryggheten, här är friden. Alltid.

För den skull begav hon sig såklart inte upp på fjället nattetid, varken sommar eller vinter. Nej det var inte vad det handlade om, att behöva ge sig av för att visa på modet och lugnet. Det räckte att bara finnas till just här, runt stugan, inne och ute och helt och bart öppen för allt. Det var mäktigt. Liksom fjället med allt vad det gav. Ja fjället ja, ska bli skönt med vandringsturerna som alltid om sommaren, tänkte Eila och log. Hon mindes vad mormor brukat säga en sommar för bra länge sedan. Hur hon berättat sagor om det viktigaste och om allt levandes kraft. Mindes också kramarna och lugnet. Då när den lyckan fortfarande fanns. Nu var mormor ändå på nåt vis här hon med. Det var därför, det visste Eila, som ljuset alltid fanns. Hon trevade i bröstfickan och fick fram sin lilla skrivbok, öppnade, fick tag på pennstumpen och skrev:

Hjortronmyrens guld
blir till mättnad
Vandrarens kropp
under bar himmel
på fjället
i skimrande augustiskrud

Där att dricka
av porlande fjällbäckens vatten

Ett livstecken
värt att hålla av
likt många andra äkta värden
från den fria naturen
Där vi
borde känna
vår litenhet
ett sandkorn i universum
fast hela världen inom oss

Gemensamt komma till
i trygg hemvist

Lugna oss därvid
Trygga som småbarn
fastän vuxna
Dessutom finns där alltid
någon att hålla i handen
om vi tror på det

Innehållsförteckning